Schwarze Perle

Birgit Bodden

Schwarze Perle

Es war dann, als lebten wir am Abgrund.
Die Wurzeln waren gekappt, das Land vergraben
und der Himmel entlaubt...

Bibliografische Information der Deutschen Nationalbibliothek:
Die Deutsche Nationalbibliothek verzeichnet diese Publikation in der
Deutschen Nationalbibliografie; detaillierte bibliografische Daten sind
im Internet über `dnb.dnb.de` abrufbar.

Bodden, Birgit
Schwarze Perle

©2022 Verlag 23 Dr. Jörg Paul Rachen, Weiterstadt

Einbandgestaltung: Amor und Psyche, Skulptur, gefunden in einem Park
auf Capri. Fotografiert und graphisch bearbeitet von der Autorin,
nachbearbeitet vom Verlag. ©2022 Birgit Bodden, Verlag 23.

Herstellung: BoD – Books on Demand, Norderstedt.

ISBN: 978-3-949565-57-1

Vorbemerkung und Danksagung

Mit diesem Buch setzt der Verlag 23 erstmals einen Fuß ins Terrain der Belletristik — bleibt aber mit dem anderen dort, wo wir uns verordnen: in der Ich- und Welterfahrung mit philosophischer Tiefe. Unsere sonst so strengen Regeln der Zeichensetzung (vgl. `verlag23.de`) sind hier weitgehend, aber nicht vollständig aufgehoben. Insbesondere kennzeichnen wir auch hier, nach bestem Wissen und Gewissen, ›wörtliche Entlehnungen‹ von anderen Literaten oder Poeten (mitunter aber auch von Hinweisschildern oder Medikamenten-Beipackzetteln) so, wie ›hier‹ gezeigt — am Ende des Buches finden sich auch die (literarischen) Quellen, aus denen zitiert oder entlehnt wurde. Die Zuordnung überlassen wir der Leserschaft, und wir sind der Meinung, dass das so auch mehr als genügt.

Ansonsten verträgt diese kurze Geschichte einer ›äußerlichen und innerlichen Reise‹ nicht viel Vorgeplänkel. Nur ein paar Worte des Dankes seien noch angebracht: Die Autorin dankt Willi Achten, Klára Hůrková und Hermann-Josef Schüren für das Lesen und Besprechen des Textes sowie für die Ermutigung zu diesem Buch. Verleger und Autorin danken sich gegenseitig für die sehr offene und konstruktive Zusammenarbeit, und gemeinsam danken wir Klaus Mackoviak für sein gründliches Lektorat, auch wenn sich der Verlag wegen seiner eigensinnigen Zeichensetzungsregeln teilweise darüber hinweggesetzt hat und dafür natürlich auch die volle Verantwortung übernimmt.

Aachen und Weiterstadt, 31. Oktober 2022
Birgit Bodden und Jörg Rachen

*Mag auch die Spieglung im Teich
Oft uns verschwimmen:
Wisse das Bild.*

*Erst im Doppelreich
Werden die Stimmen
Ewig und mild.*

Rainer Maria Rilke
‹Sonette an Orpheus›
aus dem Sonett IX

28. Oktober

*Heute Nacht hat es den ersten Frost gegeben. Ich sitze in meiner
Küche und wenn ich aus dem Fenster schaue, sehe ich die alte Kirsche. Ihre Blätter fallen. Ein stiller Wind, der sie bewegt. Sie fallen,
fallen unaufhörlich. Lautlos und gespenstig, als ob es schneite,
Kirschblätter schneite. Ganz so wie Schnee die Welt heller macht,
wird es auch in meiner Küche heller, ganz leise, fast unmerklich,
aber das Licht, das durch die kahler werdende Krone und durch
das Fenster fällt, nimmt allmählich zu. Wie im Frühjahr mit der
Wucht der Blüte zuerst und dann später mit dem Wachsen der
Blätter das Licht schwindet, so kehrt es jetzt innerhalb von einer
halben oder einer Stunde zurück. Es hat nicht die Reinheit und
Härte wie das Licht von reflektierendem Schnee, es ist ein milchi-
ges, weiches Licht, das in den Raum sickert, von der Fensterbank
tropft, über den Boden kriecht und von dorther wie ein Dunst auf-
steigt. Dass sich die Kirsche noch einmal so verschwendet, ein letz-
tes Mal in diesem Jahr, mit ihren Blättern die kalte, verblühte Erde
bedeckt, kommt mir tröstlich vor. Und auch, dass sie mich mit der
Vorahnung des Winters wie mit einer wärmenden Decke zudeckt,
an diesem Morgen seine Stille vorwegnimmt, die Zurückgezogen-
heit, die nicht länger mehr sucht, sondern annimmt.*

*Jetzt, da ich zurück bin und in meinen Reisenotizen blättere,
kommt mir alles ein wenig unwirklich vor. Die Reise, zumeist
planlos, zufällig, und doch scheint es, als habe sie genauso ihren
Lauf nehmen müssen. Wie wäre ich sonst in den Süden Siziliens
gelangt und weiter an jenen entlegenen Teil einer Insel, deren
Namen ich zuvor nicht kannte. Oft hatte ich das Gefühl, dass er
— oder sollte ich schreiben `du'? — bei mir wärest, dass du*

mir zusähest oder mich begleitetest, obwohl ich zugleich deine Anwesenheit schmerzlich vermisste. Ich lese in dem abgegriffenen Schreibheft, die Aufzeichnungen sind spärlich, ein paar Brocken mit hastiger Hand geschrieben, wie um Brotkrumen zu streuen, an denen ich mich später orientieren könnte. Dabei weiß jeder, dass die Brotkrumen im Wald, noch bevor der Mond aufgeht, längst weggefressen sind und sie als Wegweiser nichts taugen. Deshalb wird man mich nicht festnageln können auf das, was ich sage, nicht glauben, dass alles, an das ich mich erinnere, genauso und nicht anders gewesen ist. Ich zumindest kann es nicht. Dennoch: Ich will ich es aufschreiben, um es wieder und wieder lesen, falls ich beginne zu vergessen. Das Vergessen wird einsetzen. Es ist nur eine Frage der Zeit. Es wird dann vielleicht so sein, als ob ich eine Fotografie betrachte von einer Gegend, in der ich nicht mehr wohne. Und ich werde froh sein, wenigstens diese Fotografie zu besitzen. Das Geschriebene wird allmählich das Gewesene überdecken, es einschränken auf die notierten Sätze und ich werde beginnen, den Buchstaben mehr Glauben zu schenken als dem Erlebten. Es bleibt also ein unsicheres Gebäude auf unsicherem Grund.

Aber so viel steht fest: Ich bin heimgekehrt, bin wieder in meinem Zuhause. Schon als ich ankam, draußen vor der Haustür die Erleichterung: Es stand nur ein Name auf dem Klingelschild zu meiner Wohnung, mein eigener Name: M. O., Mathilda Olin, kein weiterer Name. Es gab ihn also nicht mehr. Und drinnen lag mein Handy auf dem Tisch, ganz wie ich es verlassen hatte, unversehrt und vollständig geladen.

Dass niemand am Flughafen sein würde, um mich abzuholen, war klar. Dass es in Strömen regnen würde, nicht.

Auch nicht, dass der einzige Shuttlebus Richtung Piazzale Roma gerade losgefahren war und der nächste erst in einer knappen Stunde wieder die Strecke machen würde.

Eine Stunde. Was sollte ich eine ganze Stunde lang in diesem Regen? Eine Stunde, das bedeutete Zeit, zu warten, Zeit, Zeit totzuschlagen, Zeit, Fassung zu bewahren, Zeit, herumzuwühlen im Rucksack und den einzigen dicken Pullover herauszufischen, den ich bei mir hatte. Ich kramte den Ausdruck von googlemap hervor, um noch einmal genauer die Straße zu suchen, in der sich das Hotel befand: *Il Sole Blu*. Ich sollte anrufen, wenn ich gelandet sei, ja sicher, aber mein Handy hing zu Hause am Ladekabel, lag auf dem Küchentisch, das war mir im Zug zum Flughafen aufgefallen, aber da war es zu spät gewesen. Hatte vor ein paar Tagen gemailt, dass mein Flieger gegen 22.15 Uhr landen würde, dass man das Zimmer, für mich reserviert, halten solle. Es gebe nur Doppelzimmer. In Gottes Namen, dann eben ein Doppelzimmer.

Natürlich stand auch niemand mit mir an der Bushaltestelle und wartete wie ich, jemand, den ich zufällig hier treffen, mit dem ich die Reise gemeinsam fortsetzen würde. All das Wünschen und Visualisieren hatte nichts genutzt. Du musst dir das genau vorstellen, hatte es geheißen, welche Jacke er trägt, welche Schuhe, sein Gepäck, bis in die Einzelheiten genau, dann wird er dastehen, ganz bestimmt. Natürlich!

Ich hatte mir wirklich Mühe gegeben, hatte die weichen Rippen der hellen Cordjacke unter meinen Händen spüren können, ganz so wie bei einem unserer Spaziergänge, hatte die ausgebeulten Jeans neben mir stehen sehen, isabellaweiß die ewige Häkelmütze, die Unschuldshaube, die Tarnkappe, an den Füßen Mephistos, ihr Leder nur leicht abgenutzt, sonst wie neu, und die blaue Sporttasche. Hatte sogar die Hände gesehen, wie sie eine Zigarette drehen, nur das Gesicht war mir nicht gelungen.

Es war kalt, ich fror und wanderte unter der Überdachung der Haltestelle hin und her, ich wollte nicht in das Flughafengebäude zurückgehen, denn manchmal halten sich die Busse an keinen Fahrplan und wenn jetzt doch einer käme, wäre das wirklich dumm. Ich vertiefte mich in den schon verknitterten Ausdruck, den Fetzen Stadtplan, achtete darauf, dass keine Regentropfen auf ihn fielen, damit er nicht verwischte. Fiele ein Tropfen darauf, würde die Tinte verschwimmen, bizarre Farbkreise bilden und am Ende löste sich das Bild vollkommen auf. Dabei war ich von zu Hause aufgebrochen, weil ich genug hatte von der Kälte, die Spätsommer-Herbst-Nässe nicht mehr aushalten wollte, weil ich Sonne haben wollte, Licht, endlich Licht! Und dann dieser Kerl in meiner Wohnung, diese dunkle Gestalt!

Dass Venedig wirklich eine gute Wahl war, bezweifelte ich jetzt. Die Stadt ist heikel, immer schon gewesen, auch wenn heute ihr morbider Charme fast wegrenoviert ist. Keine Comtessa stürzt mehr aus irgendwelchen Palastfenstern, aber ihr Geist nistet in verschwiegenen Mauernischen, gespenstig, doppelgesichtig und vieldeutig. Im Café Quadri trifft man immer noch Herren, die mit kleinen, gepflegten Händen ihre Espressotassen an die bleichen Lippen führen, und die Gondeln sind glänzend und schwarz wie damals, als das Kind im roten Mantel durch die Stadt geisterte.

Venedig, ich hatte Sehnsucht nach Morgenluft gehabt, wollte etwas Neues beginnen, wollte mich lösen und hatte doch zugleich die größte Angst, mich dabei gänzlich zu verlieren. Aber so konnte es auch nicht weitergehen. Ich musste aufhören mit diesem elenden Briefeschreiben, Briefe, die immer unbeantwortet blieben, aufhören, mich an dem Gefühl der Verlorenheit zu weiden. Nicht länger mehr einem Hirngespinst nachspüren, das mich zum Tanzen brachte, wie eine Marionette, um am Ende doch wieder in der Ecke zu liegen mit verknäulten Fäden, die nicht mehr zum Spiel taugten. Ich wollte dich mir nicht länger mehr einbilden. Ich spürte, dass dies längst ungesunde Züge angenommen hatte, dass ich mich in eine Welt der Imagination zurückgezogen, die Menschen um mich zunehmend seltsamer wurden und ich mich von ihnen zurückgezogen hatte, aber ich konnte dich nicht aufgeben. Eine Veränderung, eine kleine Reise, hatte ich gedacht, vielleicht Venedig. Und hatte dabei gegen jede Vernunft gehofft, so sehr gehofft, wenn ich mich nur auf den Weg machen würde, wenn ich bloß diese kleine abgeschlossene Welt meiner Wohnung verließe, würde ich dich treffen.

Auch wenn ich angenommen hatte, ich wäre wieder einmal gern in Venedig, jetzt erschien es mir beinahe absonderlich, dass ich mich für diese in Touristenströmen untergehende Stadt entschieden hatte. Zigtausende jeden Tag, überrannt, ausgeweidet, Maske ohne lebendigen Körper, Geisterstadt, wenn abends der Heuschreckenschwarm der Besucher weitergezogen ist. War auch ich jetzt eine Wanderheuschrecke? Eine Nymphe? Aber nein, ich kam ja erst zur Nacht und würde bleiben, wenn die Kreuzfahrer längst wieder auf See, die Gassen leer wären, ganze Viertel ausgestorben. Ganz Venedig ist dann ein leeres Versprechen. Je länger ich mich in diesen Gedanken verlor, desto verschwommener wurde der Reiz dieser Stadt mit ihrem unsicheren, faulenden Grund. Sie erschien mir mit einem Mal fast bedrohlich. Schweiß stand plötzlich auf meiner Stirn. Der Magen sackte mir in die Knie. In Venedig kann man sich so leicht verlieren, ich weiß, überall das spiegelnde Wasser, keine festen Umrisse, Zerrbilder, Splitter, bröckelnde Identitäten. Wenn man in der Nacht allein im Labyrinth von San Polo herumirrt, westlich der Rialtobrücke, abseits der Touristenschleuse, da, wo die Häuser schäbig und die Gassen schmal und kaum beleuchtet sind, wenn mit der Feuchtigkeit und Kälte die Ahnung aus den Kanälen steigt, dass du dich verlaufen hast, dass du dich im Kreise drehst, dann heftet sich immer noch die Angst an die Fersen: Warst du nicht eben schon einmal hier, ist das nicht genau die Brücke, jener schattige Winkel, an dem du soeben abgebogen bist? Aber jetzt gehst du gerade drauf zu, steigst die Stufen hinab.

Eigentlich war auch Trotz dabei gewesen. Venedig, hattest du gesagt, der Liebe wegen, was für ein grandioser Unfug!

In meinen Händen das dünne Papier mit dem Ausschnitt des Stadtplans war jetzt doch vom Regen weich geworden. Psychedelische, an den Rändern ausgefranste Kreise, Kleckse, wie hieß die Straße? Wo war das Hotel? Mir war kalt! Erschrocken strich ich den Plan glatt, verwischte die Tinte. Da, wo eben noch das *Sole Blu* war, war der Canale Grande hinübergeschwappt. Ich faltete den Plan sorgfältig, knickte ihn vier-, fünfmal, bis er ein kleines Päckchen geworden war, steckte ihn in die Hosentasche, als sei er da sicher. Und jetzt?

Venedig, dieses ganze Venedig im Regen und das *Sole Blu*, ich würde es nicht finden, es gab nicht einmal ein Taxi, das mich durch die Gassen an mein Ziel bringen könnte. 'Sole Blu', was hieß das überhaupt, die blaue Sonne?

Wenn du jetzt hier wärest, hättest du eine Erklärung parat, ganz sicher, eine, über die wir lachen würden und wir wären gerettet. Dazu hattest du wirklich Talent, auch den aussichtslosen Situationen noch einen Joke abzutrotzen.

,Ich bin in den besten Händen', hattest du einmal gesagt, ,ich hab echte Koryphäen an meiner Seite: Dr. Ungeheuer und Dr. Over, was soll mir da noch passieren …'. Da warst du wieder mal auf der Geschlossenen.

Ich beschloss, mit der nächstbesten Gelegenheit weiterzufahren, weg aus dem tristen Venedig, Bus, Bahn, egal wohin, Hauptsache weiter in den Süden, denn dort war es sicher wärmer.

Auf der Anzeigetafel stand, dass ein Bus Richtung Stazione di Treviso fahren würde. Also gut, immerhin ein Anfang!

... Venedig, Santa Lucia ...

... leere Blicke, werfen die Augen Äpfel auf deinen Teller, schau, wie sie blinken. Das Messer ist stumpf, erinnert dich an den Kern, im leeren Gehäuse dies hungrige Schlagen.

Und dann war ich am Bahnhof Santa Lucia, dem Bahnhof der Inselstadt, gelandet. Wir hatten Mestre hinter uns gelassen und der Zug war über die Ponte della Libertà in den Kopfbahnhof eingefahren. Noch im Zug hatte ich die oben stehende Notiz zu Santa Lucia gekritzelt, die mir heute in ihrer kryptischen Rätselhaftigkeit unverständlich erscheint, ebenso wie das, was dann in der kurzen Zeit dort geschehen war.

Eine defekte Neonlampe zuckte, machte die Bahnhofshalle hell und kalt, warf Lichterkränze auf die Haare der eilig auseinanderstrebenden Passagiere, flackerte in den Scheiben, hinter denen schwarz die Nacht stand.

Um diese Zeit war kaum noch Betrieb. Die wenigen, die hier ausgestiegen waren, hatten zügig den Bahnhof verlassen. Ich wagte den Blick über die Stufen hinab auf die Palazzi, die Häuser, fast konnte man schon von hier aus ein wenig in die Stadt hineinsehen. Die Gassen waren bei Weitem nicht so eng, wie ich gedacht hatte und gut ausgeleuchtet. Es hatte aufgehört zu regnen, der nasse Boden glänzte. Auf dem Kanal, der geradewegs unterhalb der großen Freitreppe, die zum Bahnhof führte, vorbeifloss, tänzelten harmlos die Lichter der nächtlichen Stadt. Selbst der Geruch, der aus dem Wasser aufstieg, der sich mit den Mauern, den Dächern vermischte, dem oft Fäulnis und Zersetzung anhängt, war nach dem Regen frisch und belebt. Die Wolken waren aufgerissen und ein großer Mond zeichnete ihre Ränder scharf. Wenn ich nur fest daran glaubte, dass ich hier sicher wäre, könnte mir nichts geschehen.

Ich ließ meine Augen über den Kanal streifen. Das Licht, das vom Himmel fiel, aus den Laternen, den Leuchtreklamen, aus den Fenstern der Häuser, trieb auf dem Wasser, verschwamm, ging Verbindungen ein, kräuselte sich, bildete Schlieren, fand sich zu Bildern, Trugbildern, Irrläufern. Als tauchte ein in der Tiefe hausendes Tier auf, holte Luft. Seine Konturen Schattenbilder, sichtbar für einen Wimpernschlag. Dann das Verschwinden, als kehre es mit wenigen Ruderstößen, mit sich windendem Leib zurück in den dunklen Grund.

Ich hatte lange nichts gegessen. Mir war flau im Magen, ein wenig schwindlig.

Als ich die ersten Stufen hinabstieg, begann ich zu schwitzen. Die Feuchtigkeit hatte sich in den Wollpullover gesogen und ihn schwer werden lassen. Sein Gewicht war eine unangenehme Last, er roch nach Tier und das Atmen machte Mühe. Ich hielt an. Schaute zum Wasser. Das Schwanken, die Wellen, sah das Boot. Sah den dunklen Mann darin, die Frau, die, nachdem sie sich umarmt hatten, am Steg zurückgeblieben war und rauchte. Ich blähte die Lungen gegen den Panzer, der sich um sie zu legen drohte. Was wäre, wenn ich entgegen meiner ersten Anwandlung, Venedig gleich schon wieder zu verlassen, einfach hierbliebe. Mich einer aus der Luft gegriffenen Illusion hingäbe, an ein kleines Glück, eine kleine Freiheit in dieser Stadt glaubte. Ich hielt den Atem an, diese Enge in der Brust, plötzlich war ich sicher, dass sich das nur als Katastrophe erweisen könnte. Mir war kalt, eisig kalt.

Das Boot trudelte, schlingerte, jetzt lag es leer auf dem Wasser. Ich wollte es nicht glauben, es war vollkommen leer. Der Mann war einfach über Bord gegangen. Die Wellen schwappten an das Holz des Rumpfes, der dunkle Fremde war untergegangen und kam nicht mehr hoch, kam einfach nicht hoch, kein Arm, der sich aus dem Wasser hob, kein Kopf, er blieb untergetaucht.

Komm schon, flüsterte ich, Komm schon.

Natürlich hörte er nicht auf mich, er konnte mich gar nicht hören, so weit weg war er.

Ich flehte: Komm, komm wieder hoch, Mann, du sollst auftauchen.

Aber das Wasser blieb still. Sogar seine helle Kappe, die noch einen Moment lang auf der Oberfläche getrieben hatte, war nicht mehr zu sehen.

Wie in Trance stieg ich die Treppe hinab auf den Kanal zu. Eine alte Frau stand unten an den Stufen, hatte offenbar nichts bemerkt.

‚Signora!‘, ich zerrte an ihrem Arm. Die Lichtreflexionen des Wassers liefen über ihr unbeteiligtes Gesicht, den schweren, zotteligen Fellkragen ihres schwarzen Mantels.

‚Signora, der Mann, das Boot!‘

Sie verstand mich nicht. Ihr Blick streifte mich, hatte etwas Schlüpfriges.

Ich zog sie mit mir, zum Steg, zu der Stelle, wo die junge Frau gerade noch gestanden hatte, von wo aus der Mann das Gefährt abgestoßen hatte, hinaus auf den Kanal, bevor er einfach aus dem Boot trat und verschwand. Glücklich hatte er ausgesehen, beseelt, als gehe er einem Wunder entgegen, aber dann war er einfach hineingesunken in das Wasser, der Kanal hatte ihn verschluckt, das Wasser hatte sich über ihm geschlossen und er war nicht wieder aufgetaucht.

Auch die junge Frau war verschwunden.

Offenbar hatte sie die letzte Zigarette nicht zu Ende geraucht. Der Stummel lag da und glomm noch schwach. Die Alte und ich standen am Ufer, schauten auf den Kanal, auf dem das Boot sachte schaukelte. Ich deutete noch einmal auf das Boot.

Die Alte verstand wirklich gar nichts. Und ich konnte ihre Sprache nicht.

Ich hätte ihr berichten müssen, wie der Mann und die junge Frau einander umarmt hatten, wie er in das Boot gestiegen war, die Schlinge gelöst hatte, sich abgestoßen hatte ohne einen Blick zurück. Die Frau, die ihre Hand ein kleines bisschen erhoben hatte, als würde sie ihm nachwinken, die nach einer Zigarette gefischt hatte, so, als wolle sie diese Bewegung des Winkens im Vagen verschwimmen lassen. Ich hätte ihr erzählen müssen, wie die Glut ein paarmal rasch hintereinander aufgeleuchtet war, wie dann die Abstände größer geworden waren, wie sich die Wolken vor den Mond geschoben hatten, einen riesigen Mond, wie sich in diesem Moment das Licht verändert hatte und wie sich die Haare auf meinen Armen aufgestellt hatten, noch bevor der Mann den Schritt aus dem Boot getan hatte.

Hätte ich die Polizei rufen sollen?

Oder konnte ich meinen eigenen Augen nicht trauen? War alles Einbildung gewesen?

Habe ein Ticket, sitze im Zug, trocken! Keine Ahnung, warum es Rom sein soll. Alle Wege führen nach Rom? Rom, die Stadt der Ewigkeit? Verspricht sie ein wenig mehr Bestand als die sich in nichts auflösenden Gestalten Venedigs? Ich musste weg von dort. Bahnhöfe sind meine Rettung! Jetzt heißt es also: Treviso — Padova — Ferrara — Bologna — Firenze — Sienna — Rom. 6.35 Uhr soll die Ankunft sein.

Natürlich muss man nicht an einmal gefassten Entschlüssen festhalten. Wer A sagt, muss nicht B sagen, das hatte ich von dir. Ich musste also nicht in Venedig bleiben!

Und natürlich hatte ich übertrieben, als ich sagte, dass die Briefe alle unbeantwortet blieben, aber die meisten eben, Hunderte. Ich fand, das waren zu viele. Aber ich konnte nicht aufhören zu schreiben, auch wenn ich gar nicht mehr auf Antwort wartete. Umso erfreuter war ich, wenn ich einmal überraschenderweise eine erhielt. Ein Bote etwa, der deine Lieblingsworte benutzte, oder ein Buch, das mir in die Hände fiel, ein Artikel in einer Zeitung, der die Antwort auf meine Zeilen enthielt. Oder damals am Meer, du warst gerade aufgebrochen, ich faltete aus dem beschriebenen Briefbogen ein kleines Schiffchen nach Kinderart, setzte es ins Wasser mit allen guten Wünschen. Als ich am nächsten Tag die Heimreise antrat, im Abteil einen der vielen freien Plätze wählte, lag ein winziges gefaltetes Papierschiffchen auf dem Polster neben meinem Sitz.

Jetzt lag mein Rucksack neben mir, draußen war alles tiefschwarz, das Fensterglas spiegelte das Innere des Zuges, verdoppelte mich im trüben Licht, und auch die leeren Sitze gegenüber, die Sitzreihen vor mir, die hinter mir, ein riesiger leerer Raum, mit sich selbst potenziert. Spiegel sind Zwischenräume der Zeit, hieß es nicht so? Spiegel als unbetretbare Räume? Jetzt bloß nicht abdrehen, ermahnte ich mich und schnappte mir das ‹Zeit-Magazin›, das jemand hatte liegen lassen. Die Headline: Warum der Mensch sich die Frage 'Wer bin ich?' stellt. Wenn ich das wüsste, dachte ich und las: Das Leben ist ein permanenter Selbstvergewisserungsprozess ohne Wissen um die Zukunft. Wenn man schon am Anfang wüsste, so hieß es weiter, was am Ende rauskommt, dann würde man sich nicht lebendig fühlen. Der Artikel wurde mir schnell zu abstrakt. Wann, fragte ich mich, fühlt man sich lebendig? Wenn man einander umarmt? Wenn man einen warmen atmenden Körper streichelt, Haut, nackte Haut, die sich einem entgegenschmiegt, die behaarten Arme, das Haar auf dem Kopf? Oder reicht zur Not auch ein Fell, ein abgelöstes Fell, ein glänzender, knisternder, Funken schlagender Pelz? Wenn man seine Hand über diese Haut gleiten ließe? Wenn man sich ganz darin einhüllte. Ein Schauer lief über meinen Rücken. Dachte an den Hasenfellschal, den du mir einmal geschenkt hattest, küss mich, kratz mich, beiß mich, gib mir einen Pelztiernamen.

Ich blätterte weiter in dem Magazin. Plötzlich die Bilder, grellbunt fielen sie mich an, eine Wohnraumdesignerin hatte ein wildes Chaos von Möbeln und wuchernden Pflanzen geschaffen, gemalt, gezeichnet, fotografiert, das war nicht klar. Der Boden des Zimmers war Straßenasphalt, Fenster, durch die man nach draußen schaute, aber draußen befand sich die Zwillingswelt des Innenraumes, als ob jemand umziehen wollte und all seine Habe bereits vor die Tür gestellt hätte und auf den Möbelwagen wartete, aber es blieb doch ein Raum, eine Wohnung, mit unscharfen

Grenzen und immer waren es zwei gleiche Wesen, die in der surrealen Welt platziert waren: zwei identische schlafende Mädchen inmitten des Zimmerpflanzendschungels. Wie unbeteiligt lagen sie da, schliefen einer Welt entgegen, die sie bald schon verschlingen würde. Ein anderes Bild zeigte zwei ebenfalls völlig gleiche junge Männer an Computertastaturen, mit Bildschirmen, auf denen sich die Blätter und Schlingpflanzen fortsetzten, die die beiden umgaben und sie und die Computer zu einem heillosen Dickicht miteinander verstrickten. Oder zwei alte Frauen, verknitterte rosenrote Wangen, grell pink gemalte Lippen, auf einem purpurfarbenen Plüschsofa, zwei gealterte Dornröschen, deren Schlaf wohl eben nicht zeitlos war. Ich empfand den Impuls, sie daraus aufzuscheuchen. In diesen Doppelbildern war ein Wuchern und Wachsen, das über die Seiten hinaus zu explodieren schien.

Und inmitten dieser potenzierten Zwillingswelt zeigte sich zugleich eine fast schlafwandlerische innere Abwesenheit und wohl auch eine seltsame Sterilität der diese Üppigkeit bewohnenden völlig synchronen Menschenpaare.

So zu wohnen, mit sich selbst im Doppelpack in all diesem Grün, zugleich drinnen und draußen, man würde verrückt oder? Ich dachte an zu Hause, an mein Zimmer, in dem ich allein lebte, ohne Pflanzen, an die Küche, die Diele, wie sich vielleicht gerade jetzt der Schlüssel im Schloss der Wohnungstür drehte, die knarzenden Dielen, die schlurfenden Schritte, bis er sein Zimmer erreicht, wie die Tür ins Schloss fällt - und dann Stille, völlige Stille.

Auf Rom zuzufahren und daran zu denken, war halb so schlimm. Aber zu Hause zu sein, in der kleinen Wohnung, die Küche war wirklich winzig und das Bad ein Nichts. Es gab nur mein Zimmer und sein Zimmer, meins lag hinter der Küche, seins hinter der Diele. Was daran schlimm war, eigentlich nichts, nur die Tatsache, dass er nie da war.

Das Zimmer hatte einige Zeit leer gestanden, dann war jemand eingezogen. Jemand, der nur sporadisch in der Stadt war, zu Meetingterminen, Therapieterminen, weiß der Kuckuck.

O. M. – das stand seitdem neben meinem Namen auf dem Klingelschild – war im Grunde nicht da. Nie bekam er Post, nie fragte jemand nach ihm. Es war so, als gäbe es ihn nicht, abgesehen von der Kaffeetasse, von dem Teller, den paar Messern und Gabeln, die er irgendwann in der Küche gelassen hatte, und im Bad eine Zahnbürste, Zahnpasta, die teure, ein Rasierwasser, zwei Handtücher. Manchmal stellte ich Überlegungen an, was das 'O.' vor dem Namen 'M.' wohl bedeutete. Das M war mir klar, er musste Meier oder Meierlink heißen, aber das O gab mir zu denken. Hieß er Oliver oder Otto, war er so alt wie ich, älter, jünger, hieß er Oskar, Obadja, Orpheus, der Trommler, der Gottesknecht, der in die Dunkelheit Gehüllte? Was war das für ein Mann, dieser Mitbewohner? Manchmal in der Nacht hörte ich den Wohnungsschlüssel, Schritte tappten über die Dielenbretter und die Tür zu seinem Zimmer schlug zu. Manchmal war ich aufgestanden, um an seiner Tür zu klopfen, um mich bekannt zu machen. Aber nie öffnete er, so als sei er taub oder habe sich mit letzter Kraft nach Hause geschleppt, um auf der Stelle in einen bewusstlosen Schlaf zu fallen. Der Mann, der fast immer abwesende Mann, war mir unheimlich geworden. Noch nie hatte ich ihn zu

Gesicht bekommen, aber er hinterließ Spuren, Brotkrümel manchmal und ab und zu die gespülte Kaffeetasse. Oder ein Glas Wasser stand auf dem Tisch, als würde er gleich daraus trinken. Ich schüttete es immer aus und stellte es zurück in den Schrank. Das Wasserglas gehörte mir, der aus der Dunkelheit Kommende nahm es einfach, natürlich konnte er es nehmen, wer wird sich wegen eines Glases aufregen in einer Wohngemeinschaft, aber wenn es dastand, halb voll, mitten auf dem Tisch, einfach nur dastand, empörte es mich über die Maßen.

Ich glaubte auch, dass er, wenn er nachts in sein Zimmer ging, gelegentlich eine weitere Person mitbrachte. Dann verspürte ich seltsamerweise etwas wie Eifersucht. Mir war dann, als hörte ich ein leises, überaus wohlklingendes Gemurmel, ein Singen vielleicht. Natürlich klopfte ich dann nie an seine Tür, obwohl mich dieser Singsang ungeheuer anzog.

Ich schlief mit Ohrstöpseln in den Ohren und lebte tageweise mit gedämpften Geräuschen, schloss mich nicht nur nachts in meinem Zimmer ein, ging nur, wenn es sein musste, in das gemeinsame Bad. Natürlich hatte ich auch erwogen auszuziehen, aber mein Zimmer war voller Erinnerungen, die ich bewahren wollte.

Wenn du da wärst, dachte ich oft, eine vertraute Seele, die durch ihre bloße Anwesenheit alle Gespenster vertreibt.

Ich musste geschlafen haben, irgendwann, am frühen Morgen, wir waren schon südlich von Florenz, saß da einer in meinem Abteil, direkt neben mir. So etwas macht mir Angst, wenn mir einer plötzlich so nah kommt. Ich rutschte also ganz ans Fenster, alleine die Vorstellung, dass er mit seinem Schenkel mein Bein berühren könnte …

Ich habe aus dem Fenster gestarrt, in die schwarze Scheibe. Von hier aus war er – Kopfhörer in den Ohren, das Laptop auf den Knien, aufgeklappt – in einer Blase der Isolation, einer schillernden Seifenblase, in der er hockte, unantastbar.

Bloß das Klicken der Tastatur. In der Scheibe verdoppelten sich seine Hände, waren schön, agil, kräftig, schlanke Finger. Wie sie auf die Tasten hämmerten. Er war geübt, das sah ich, ein Wahnsinnstempo, mit dem die Finger die Tasten traktierten. Schlugen, huschten, flogen. Ein Schlagzeuger, der die Töne aus der abgestandenen Luft haschte, sie ihr abjagte, sie vor sich hertrieb, zu einer Textur verwob, die sich wie eine akustische Salbe auf einem stumm gewordenen Körper verstreichen ließ. Dann Stille, gar nichts, abwartend, ließ er seine beiden Mittelfinger über die Zeigefinger streichen, erst ganz langsam, dann ungeduldig, immer schneller, zuletzt kreisten sie über die Nägel. Er begann aufs Neue, nahm Fahrt auf, als spiele er einen türkischen Marsch, als dirigiere er ein ganzes Orchester nach einer gut einstudierten Partitur. Wenn er diese Finger über eine Haut trommeln ließe, dachte ich, meine Haut?

Vom Bauchnabel abwärts, trommeln, mit dieser Geschwindigkeit, ein flüchtiger, kaum spürbarer Anschlag, leicht und unmerklich weiterschieben, spüren, wie es pocht, tiefer, ein Kolibri süchtig nach Süße, seinen Schnabel in die Blüte taucht, meine Blüte, Bitterkeit, auf den Lippen, meine Bauchdecke zog sich nach innen, mit einem Schlag klappte er den Deckel zu.

Ich zuckte zusammen, starrte in den schwarzen Spiegel, starrte auf die Hände, die gerade noch geschrieben hatten.

Jetzt bloß den Blick nicht aus der Dunkelheit nehmen, dachte ich, nicht von diesen Händen nehmen, die sich auf dem Deckel drückten, als hielten sie etwas unter Verschluss, etwas, das aus dieser Schreibkiste ausbrechen wollte.

Er streckte die Beine, ließ sich im Sitz zurückgleiten, den Kopf im Nacken, die Lippen leicht geöffnet, die Augen geschlossen, atmete hörbar, als komme er wer weiß von welchem Trip zurück. Dann war er still, unglaublich still.

Ich war verwirrt, hätte gern gewusst, was er in sein Laptop gehämmert, in welchem Dschungel er gewütet hatte.

War im *Poliziano* untergekommen, in einer ehemaligen Wohnung in der zweiten Etage in einem dieser alten, imposanten Stadthäuser mit Messingschild und großem Portal. Es nannte sich Hostel und ich hatte ein Bett in einem Sechserzimmer, hatte noch wählen können zwischen dem Bett am Fenster oder dem an der Tür, die anderen Schlafplätze waren belegt. BHs, Blusen, T-Shirts hingen überall zum Lüften, der Geruch der Stadt, der Schweißgeruch, an der Leiter zum Hochbett, über dem Heizkörper unter dem Fenster, am Fenstergriff, am Kleiderhaken neben der Tür. Trollis standen auf den Betten, in den Nischen an der Wand, Ladegeräte in den Steckdosen, Kameras, Laptops. Die Mädchen hatten sich breitgemacht und waren dann ausgeflogen.

Ich hatte meinen Rucksack dazugestellt, kurz geduscht in der einzigen Dusche, die sich die Etage teilte, hatte mein Waschzeug auf das Bett am Fenster gelegt. Das also war jetzt meins.

Und dann war ich gleich losgezogen. Frühstück im Café an der Ecke, ein paar Tische, von der Via Merulana abgeschirmt durch eine Reihe Pflanzkübel. Darin wuchs eine ganze Kirschlorbeerhecke, riesige Sonnenschirme, köstliche, hausgemachte Croissants aus selbstgemahlenem Mehl, so stand es mit Kreide auf der schwarzen Tafel, Cappuccino und frischgepresster Orangensaft. Der kostete hier ein Vermögen. Aber egal.

Neben meinem war noch ein weiterer Tisch belegt: Ein Mann in Begleitung einer Frau und eines anderen Mannes hatte dort Platz genommen. Offenbar war ihm etwas Schlimmes widerfahren. In seinem Gesicht waren die Augen blicklos auf einen Punkt irgendwo auf dem Tisch geheftet, überhaupt schien das ganze Gesicht erstarrt zu sein, reflexartig kniff er jedoch ein paarmal die Augen zusammen, zuckte ein Mundwinkel. Er sagte kein Wort. Seine Begleiter hatten ihn in ihre Mitte genommen, ihm eine Zigarette angeboten, die Kaffeetasse zugeschoben, den Brotkorb gereicht. Den Brotkorb hatte er abgelehnt. Ein Passant, der die Gruppe offenbar kannte, war kurz stehen geblieben, hatte seine Hände auf die Schultern des Bedauernswerten gelegt, den Kopf zu ihm heruntergeneigt, etwas gesagt. Der Bemitleidete nickte ein paarmal, mit zusammengepressten Lippen, dann stieß er den Rauch aus, rieb seine Augen.

Auf meinem Tischtuch bemerkte ich einen großen Brandfleck. War es das, was übrigbleibt, wenn jemand aufsteht und geht, fragte ich mich. Nichts als ein riesiges, trostloses Brandloch? Hinter dem Kirschlorbeer rasten Autos und Roller über die vierspurige Straße.

Aber immerhin saß ich unter dem ausgebreiteten Mantel einer Madonna, die thronte an der Hausecke auf einem kleinen Altar, über meinen Häuptern im neonlila pulsenden Strahlenkranz, geheimer Morsecode, Wackelkontakt. Blass war sie und lächelte nur schwach um diese Tageszeit.

Ihre Zeit kommt noch, dachte ich, wenn es dunkler wird, Heilige Maria, wenn es Nacht wird. Das Nachtgebet und wir behütet in den geordneten Nächten der Kindheit: ›14 Englein, zwei die mich decken, zweie, die mich wecken, zwei, die mich führen ins himmlische Paradies‹. Das Paradies, hattest du gesagt, der Himmel auf Erden, braucht keinen Kitsch, es ist das Leben für den einen Moment, die eine Stunde, den einen Tag, für jeden Tag. Der Himmel ist

verloren, seit du nicht mehr da bist und der Strahlenkranz
flackert. Könntest du nicht … jemanden rufen, ins Leere
rufen, *save our souls*, Funkspruch ins Leere.

Rom ist die Ewige Stadt.

Mit ihren Götterwurzeln wuchert sie auf einem Boden
aus Missgunst und Gewalt, Äneas der Urvater, Großvater der
Wolfskinder, die Mars seiner Enkelin anhängt – so pfuschte
der kriegerische Gott den Menschenplänen ins Handwerk –,
vergewaltigte die Priesterin, die, so der Wille des machtgie-
rigen Onkels, kinderlos bleiben sollte, um keine rivalisie-
renden Erben zu gebären. Und dann doch die Geburt der
Knaben, der Zwillinge. Die Kinder, wie Moses und vorher
schon Horus, der falkenköpfige Sohn, den Osiris nach seiner Rückkehr aus dem Reich des Todes mit Isis gezeugt hatte, im Körbchen ausgesetzt, dem Nil übergeben, dem Tiber,
gestrandet, von der Wölfin gesäugt, dem Schicksal ergeben,
bereit, ein mystisches Weltreich zu gründen.

Rom, die Ewige Stadt.

Ich sollte etwas empfinden, dachte ich, etwas Großar-
tiges, Erhebendes. Aber ich ging durch die Straßen, vorbei
an den alten Häusern, an bedeutenden Bauwerken und den
noch viel älteren Ruinen, die an jeder Ecke ihren Platz be-
haupteten, und ich wusste, es ist Geschichte, bedeutende Geschichte, aber mir war es, als sei Rom nichts als ausgetrete-
ne Pfade für Touristenströme, fremde Menschen, Verlorenheit, Anonymität. Ich passte mich an, übernahm die Bewegung der Stadt, überließ mich dem Schwarm, trieb auf *Santa
Maria Maggiore* zu, unschlüssig, sie zu betreten, ging weiter, kaufte in einem Antiquariat Briefmarken, landete am frühen Mittag bei *San Pietro* in Vincoli mit seinem gehörnten
Moses, erspähte am Ende der Seitenstraße das Kolosseum,

umrundete es, ging durch den Constantinbogen mit seinen filigranen Reliefs, kaufte eine Eintrittskarte für das antike Areal des Palatins, lief auf dem Hügel herum, ließ den Blick schweifen: überall die schmalen römischen Ziegel, weit hinten die Kuppel des Petersdoms. Ein Pfad führte hinab zur Tuffhöhle, dem uralten Bezirk der Romulusgrotte, da, wo Rom vor Urzeiten begonnen haben soll. Mächtige Gesteinsbrocken formten die Höhle, in der die Wölfe, die Menschenkinder gehaust hatten.

Braucht man, um Großes zu vollbringen, diese Besinnung auf das Animalische, die Reduktion aufs Elementare, die Verbindung mit der Wildnatur? Aber wehe, wenn sie die dünne Schicht der Kultur durchbricht, eindringt in die Behaglichkeit, Atavismus und Wahn so dicht beieinander, bin Wolfsfrau, Rotkäppchen und du ein einsamer, wilder Wolf.

Später durchschritt ich das Forum, streifte das Vestalinnentempelchen, Heimstatt der Feuerhüterinnen, und den Gedanken, wie es wohl sei, einen solchen Beruf zu haben. Den ganzen Tag das Knistern des kokelnden Holzes, die Wärme, immerzu den Geruch von Rauch in den Haaren, in den Kleidern, ein ewiges Licht, ich erwärmte mich für diesen Beruf, fing Feuer, sprang wie eine züngelnde Flamme davon, rannte an der Trajanssäule vorbei, hetzte weiter die breite brodelnde Via del Corso entlang, von der es heißt, sie biete verirrten Touristen Orientierung, geriet in die Seitenstraßen, füllte immer wieder an den Brunnen meine Flasche mit Trinkwasser auf, kaufte später am Nachmittag ein Stück Pizza, schlug die Richtung zum *Palazzo Barberini* ein, fand dort den Eingang zur *Galleria Nazionale d'Arte Antica* lange nicht. Schließlich war es kurz nach fünf, die Galerie war jetzt geschlossen und ich verpasste so die gerade stattfindende Caravaggio-Ausstellung. Judith mit dem Haupt des Holofernes oder Lucia mit den verlorenen Augen hätte ich wirklich gern einmal *vis-á-vis* gesehen. Stattdessen keuchte ich die Via Veneto hoch, wo die Filmgrößen in prachtstrotzenden Palästen genächtigt hatten. Immer noch hofierten Hoteldiener im goldbesetzten Livree mit Zylinder auf dem schwarz gelockten Kopf die Ankömmlinge, öffneten die Türen ihrer graumetallischen Limousinen, Kult der Unsterblichkeit, Marcello Mastroianni, Claudia Cardinale, Sophia Loren. Auf alten, leicht verblichenen Schwarz-Weiß-Postern saßen die Stars aus einer anderen Zeit in jedem Café, tranken ihren immerwährenden Espresso, den Grappa mit jedem, der sich zu ihnen an den Tisch setzt, sich an sie erinnern will.

Ich dachte auch an Pasolini, seinen nie geklärten Tod, an Bertolucci, dessen Himmel über der Wüste uns betörte wie keiner, aufwühlte. Ein Paar wie wir, das sich verliert, ein Film, von dem es heißt er handle von der Suche nach dem Glück, sich vernichten zu lassen, nach Erlösung von sich selbst, dem Delirium des freien Falls. Es war eine ungewöhnlich warme Frühlingsnacht gewesen, wir hatten nackt auf dem Bett gelegen, als wir den Film anschauten, das Fenster war weit geöffnet gewesen, der Duft der blühenden Kirsche war hereingeweht, hatte den ganzen Raum eingenommen, hatte Bitternis, die Ahnung des Endes in die schwere Süße gemischt, den Marzipangeruch der Blausäure, das Innere des aufgebrochenen Kerns. Wir hatten, ohne uns zu berühren, nebeneinandergelegen. Das bläuliche Licht des Fernsehapparates war über unsere Körper gezuckt. Ich hatte von deinen Streifzügen gewusst, nicht die Details, aber dass du wochenlang herumgestreunt warst. Sie gehörten zum Krankheitsbild, wahllose Affären, aber jetzt warst du hier, dünnhäutig, abgemagert, erschüttert bis ins Mark. Und ich bei dir.

Die Hitze wurde erträglicher.

Ich driftete zur Piazza del Popolo, zur Engelsburg.

Auf dem Tiber tanzte bereits das Licht der untergehenden Sonne, ich trabte ein gutes Stück an seinem Ufer entlang. Meine Füße brannten. Von der Ponte Garibaldi aus gesehen verschwamm der Petersdom im goldenen Nebel. Mit der Dämmerung tauchte ich ein in das Gassengewirr, gelangte zum Campo Fiori, zur Piazza Navone, schleppte mich zum Pantheon. Erschöpft setzte ich mich auf die Stufen des großen Brunnens auf der Piazza delle Rotonda. Die Wärme des Tages war in den Travertinplatten gespeichert. Es war angenehm, diese Wärme zu spüren. Es war Nacht geworden.

Das Pantheon war längst geschlossen. Wer hier begraben war, sollte mich heute nicht mehr interessieren. Von meinem Platz aus sah ich bloß die Säulen. Die Kuppel war nur zu erahnen. Neben mir lagerten dicht gedrängt an den Stufen des Brunnens die späten Spaziergänger, die Nachtschwärmer. Menschen — lärmende, lachende, schwadronierende Menschen, fotografierende, selfieverliebte, küssende, quengelnde, Eis schleckende Menschen, tranken Wasser, ein Glas Wein. Redeten, riefen Kellner — ›*please bring me my wine*‹ — Stimmengewirr, kein Autolärm, nur Menschenstimmen und das Wasserrauschen dieses römischen Brunnens, dieser Fontäne, Worte, Italienisch, Spanisch, Japanisch vielleicht, Englisch — ›*what a lovely place*‹ — hier und da Deutsch, mittendrin der Seifenblasenmacher. Mit großen ausholenden Bewegungen seiner Arme formte er Blasen, eine nach der anderen, riesige Blasen, fast zu schwer zum Fliegen. Sie züngelten, leckten, suchten Balance, waberten über den Platz, sammelten sich tastend zur Kugelgestalt, zur perfekten Form. In jeder ein Stück Atmosphäre aufgenommen, Geräusche eingeschlossen, Gerüche des hier und jetzt eingefangen, um sie fortzutragen an einen anderen Ort. Seltsam, dachte ich, wie man mit einem Hauch von fast nichts Segmente aus der Wirklichkeit abtrennen und sie in andere Umgebungen treiben lassen kann. Die Außenhaut schillerte, Regenbogenschlieren, spiegelte die Lichter, die Häuser, die Menschen auf dem Platz. Kinder fingen sie, stachen hinein, ließen sie platzen.

Ich tauchte meine Hände in das Brunnenwasser. Ein einsamer Gitarrenspieler mit einem Repertoire alter Songs saß mitten auf der Piazza, Fetzen einer verlorenen Zeit wehten mich an, der Song von den Eagles: ›*on a dark desert highway ... cool wind in my hair*‹, hattest du gesungen, nur für mich durch das Telefon, du hattest es den ganzen Tag in den Hochspannungsdrähten summen gehört, sagtest du, für immer in das magische Hotel gebannt, aber wir schaffen das, wir kriegen das hin, es tut mir leid, ich bin so grob. Lass dich nicht in meine Abgründe ziehn. Rau, deine Stimme klingt belegt, so nah an meinem Ohr, als du über meinen Bauch streichelst, dein Atem ist heiß, Pink Floyd aus deinem uralten Player: ›*so you think you can tell, heaven from hell, blue skies from pain*‹. Meine verlorene Seele schwimmt auf dem Brunnenwasser in diesem Goldfischglas, Jahr für Jahr, ›*how, how I wish you were here*‹. Er spielt großartig, es scheint mir, als rinne mein Leben wie Sand durch seine Finger, das fühlt sich seltsam leicht an, wie ein großes Glück und zugleich würgt es mir den Atem ab, mir wird schwindlig, als verlöre ich den Boden. Was davon, dachte ich, was von einem ganzen Leben lässt sich halten? Und bin ich es, die es hält, oder sind es die anderen, die zufälligen Begegnungen, vielleicht die Wildfremden, die es halten? ›Jag die Hunde zurück, wirf die Fische ins Meer, lösch die Lupinen.‹ Wer hatte das gesagt?

Den Brunnen krönte ein ägyptischer Obelisk, steinge-wordener Sonnenstrahl des Sonnengottes, Verbindung von Himmel und Erde.

Plötzlich wollte ich zu meinem Zimmer, ich riss mich los, verirrte mich in den Gassen, wurde erneut vom Strudel erfasst, schwamm mit dem Strom, der zog zum Trevibrunnen, wo Anita Ekberg ein für alle Mal im Wasser steht und ihren Liebhaber in das Dolce Vita lockt: *Come here*.

Als ich endlich zurückkam, schlief mein Zimmer. Von der Laterne der Via Poliziano war es genügend erleuchtet, sodass ich auf den Betten Menschenhügel ausmachen konnte und weil ich sehr leise war, selbst keinerlei Geräusche machte, nicht einmal Luft holte, überall auch das Atmen dieser schwarzblauen Körper. Ich fühlte mich seltsam erleichtert in diesem verwehten Zimmer, später glaubte ich auf dem Flur Schritte und flüchtiges Geflüster zu hören, das mich wie ein Echo traumentwöhnter Straßenzeilen in den Schlaf geleitete.

Am nächsten Morgen, es war nicht mal neun, waren sie schon wieder unterwegs, hatten wiederum BHs, Blusen, Handtücher zurückgelassen. Sogar das letzte Bett schien in der Nacht benutzt worden zu sein.

Ich bin ja nicht blöd, ich merke schon, dass ich die Dinge anziehe, die ich loswerden wollte, dass ich hier eine sehr ähnliche Situation wie zu Hause antreffe. Wieder wohne ich mit Leuten zusammen, teile sogar meinen Schlaf mit ihnen, spreche mit ihnen jedoch kein einziges Wort. Und wenn ich wach bin, ist niemand da.

Wie soll ich wissen, dass sie wirklich in der Nacht da waren, dass sie real sind? Ich bin nicht nach Rom gekommen, um mit Leuten zusammenzuleben, die nicht da sind.

Ich habe in der Nacht diese Erhebungen auf den Betten gesehen, ich habe ihre Atemzüge gehört, das leise Pfeifen und Schmatzen, das Zähneknirschen. Und von irgendwo kam ein kaum hörbares Wimmern. Ich habe lange diesen Geräuschen zugehört, es ist für mich ungewohnt, mit jemand anderem den Schlaf zu teilen. Ich gebe zu, es ängstigt mich, so nah bei jemand zu schlafen, den ich nicht kenne. Wer kann schon sagen, ob solche Menschen sich nicht nachts, wenn ich wehrlos bin, in meine Träume schleichen, sich darin einnisten, Besitz von mir ergreifen, mich in eine Richtung locken, in der ich den Boden verliere und untergehe. Meine Gedanken sind nicht mehr meine, sondern wer weiß wessen. Und ich kann nicht mehr wissen, welchem Ruf ich folge.

Solch eine Nacht ist für mich eine Argonautenfahrt, bei der nicht mal Wachs in den Ohren hilft. Abgesehen davon, dass ich gar keine Ohrenstöpsel bei mir habe, könnte ich sie doch auch nicht benutzen, denn wenn ich mir vorstelle, ich würde mit ihnen in einem Zimmer schlafen und nichts, gar nichts von ihnen hören… Die Sirenen haben eine noch schrecklichere Waffe als den Gesang, nämlich ihr Schweigen, heißt es. Und dieses Schweigen ist nicht Frieden, sondern Grausamkeit. So oder so bin ich ihnen ausgeliefert. Ich muss es also darauf ankommen lassen, in einen Abgrund gezogen zu werden. Bin ich genau aus diesem Grunde hier? Sag doch mal was!

Und dann war da auch noch dieser Traum:

Ich ging auf einer Straße, irgendwo weit draußen, und ich war müde gelaufen, sehnte mich nach einem Ort zum Rasten. Da sah ich, dass mir jemand entgegenkam. Erst langsam konnte ich die Person erkennen. Es war eine alte Frau, die schwer an etwas trug. Ich sah aber keine Last und fragte sie, woran sie sich so mühte.

Ach Kind, sagte sie, es ist meine Haut, und da sah ich, dass sie bloß einen BH trug, voller Spitzen, so wie der von den Mitbewohnerinnen. Töchterchen, sagte sie, schau wie alt und schwer und voller Falten und Runzeln und in jeder Runzel steckt ein ganzes ungelebtes Leben. Dabei griff sie sich in den Bauch, rollte einen Wulst zwischen den knochigen Fingern. Das ist ein bisschen viel für mich, siehst du. Die Haut, die sie zwischen ihren Fingern knetete, war bleich, in der Unterhaut Risse und bläulichrote Streifen. Und ich wusste, sie will mir diese Haut abgegeben, will, dass ich sie anziehe, wie einen Mantel. Ich sah, dass ihre Haut jetzt plötzlich wie ein räudiges Fell aussah, ohne Glanz, in den Falten voller Nissen und verfilzt. Ich wollte bloß weg. Aber sie hielt mich.

Töchterchen, hatte sie zu mir gesagt, und das war vielleicht am allerschlimmsten, dass sie das sagte.

Ich war, von meinem eigenen Schreien erschreckt, aufgewacht und konnte eine ganze Zeit nicht mehr schlafen, hatte Sehnsucht nach zu Hause, nach meinem eigenen Bett, nach dem Blick aus meinem Fenster auf die alte Kirsche, in deren Blättern nachts der Wind rauscht.

Nach Kaffee und Orangensaft nahm ich diesmal eine andere Route, ging in umgekehrter Richtung, südwärts jetzt, stieß bald auf einen kleinen Park, der den Blick auf das Kolosseum frei gab, war von dem bisschen Gehen bereits erschöpft. Mir war ein wenig schwindlig. Ich ließ mich auf einer steinernen Bank unter den mächtigen Pinien nieder. Wenn ich ein Buch hätte, eine Zeitung, wenigstens mein Handy, damit würde ich den ganzen Tag hier verbringen, dachte ich, im Schattenreich verweilen, Rom und seine Sehenswürdigkeiten und die ewige Liebe vergessen.

Um mich herum war das Gras verdorrt, Wolfsmilchgewächse wuchsen jedoch üppig, hohe blaue Rispen, Lorbeersträucher, die gezackten Schwertblätter der Aloe vera, ihr klebriger Saft, Götterblut, wirkt lindernd bei Insektenstichen und Sonnenbrand, sagt man. Natürlich war ich verbrannt gestern bei meiner Tour durch die Stadt. Meine Haut auf den Schultern, den Armen, auf Stirn, Nase und Wangen glühte, war feuerrot. Vielleicht hatte ich leichtes Fieber. Ich blies ein wenig Atemluft über meine Arme, brach die Spitze eines Aloeblattes ab und strich die Flüssigkeit über die geschundene Haut.

Die großen Bäume boten kaum Kühlung. Auf ihre Schirmdächer brannte die für diese Jahreszeit immer noch starke Sonne. Unter den hohen Kronen stand der harzige Geruch und schuf einen fast sakralen Raum. Ich sog den Duft ein: Kroatien, Pula, unser Zelt unter den Pinien, keine drei Meter vom Wasser entfernt, glasklares Wasser, die kobaltblaue Qualle, unter deren Hut Brutfischchen wohnten, der riesige Oktopus, der sich auf deinen Arm gesetzt hatte, dessen Saugnäpfe Spuren hinterlassen hatten — am ganzen Arm Hämatome wie Knutschflecke, die tagelang blieben, Tage, in denen wir glauben wollten, noch einmal davon zu kommen. Noch einmal die Möglichkeit beschworen, dass alles gut wird.

Tagsüber blieben wir nackt, es gab nichts zu verbergen, obwohl du so zugenommen hattest. Du schwammst, rauchtest wie immer wie ein Schlot, legtest deinen bleichen Körper in die Sonne, trotz der Warnungen vor Sonnenlicht, die dem Zyprexa beigegeben waren. ›Meiden Sie direkte Sonneneinstrahlung‹, war die Anweisung.

Wenn schon sogar ein plötzlicher Tod als Nebenwirkung auf dem Beipackzettel steht, sagtest du, was habe ich denn zu verlieren? Leben will ich, verstehst du? Und du bliebst, obwohl ich dich eindringlich bat, einfach in der Sonne liegen.

Innerhalb kürzester Zeit warst du verbrannt, Blasen bildeten sich, ein nackter Faun, dem die Haut abgezogen wurde.

Du bliebst bockig, selbst dann noch, wolltest dich nicht dem Diktat der Pharmazie beugen, steigertest dich in einen regelrechten Hass auf die Medikamente, die Ärzte, die sich deiner Meinung nach wie Götter aufführten. Warfst ihnen Bestechlichkeit, Eitelkeit und Größenwahn vor, dass sie dich für pharmakologische Experimente benutzten und warst doch selbst nicht zur Einsicht bereit.

Ich wollte dich zurückholen aus deiner Verstiegenheit; als ich dich auslachte, fuhrst du auf: ‚Ja sicher, du Ignorantin, du bist die Schlimmste von allen! Gib mir am besten noch Eselsohren und Ziegenfüße und trotzdem habe ich recht.‘

Begannst zu pfeifen: ›*Always look on the bright side of life*‹, und bekamst dich wieder in den Griff. ‚Weißt du‘, fragtest du, ‚was die richtige Antwort ist? Er lebt und herrscht als König!‘

Wahrscheinlich meintest du dich selbst damit. Und die richtige Frage? Auch das wusste ich nicht: ›*Quid me mihi detrahis?*‹ — Warum entreißt du mich mir. Damit zitiertest du den geschundenen Marsias von Ovid, du lachtest bitter. Was solls, die irdische Hülle muss weg, wenn du zu einer höheren Erkenntnis gelangen willst, das ist der Preis. In deinen Augen war kein Glanz.

Ich dachte an mein Handy, das ich auf dem Küchentisch zuhause zurückgelassen hatte. Dass mein Nachrichtenfach überquellen würde, das brauchte ich nicht zu fürchten, aber ich machte mir Sorgen, dass jemand während meiner Abwesenheit sich an ihm zu schaffen machte, vor allem, dass jemand die gespeicherten Nachrichten löschen würde. Die waren mir heilig. In dem Handyladen hatte ich viel dafür bezahlt, dass man sie mir von meinem alten Handy auf das neue übertragen hatte. So hatte ich sie immer bei mir und konnte sie lesen, und natürlich auch deine Nummer, und ich konnte simsen, wenn mir danach war. Manchmal half das.

Plötzlich glaubte ich, zu bemerken, dass auf der Bank, die ein paar Meter neben meiner stand, noch jemand saß. Obwohl ich nicht hinschaute, wusste ich, wie die Person aussah, und das war verblüffend und auch erschreckend: Sie sah genauso aus wie ich. Sie trug die gleichen Jeans, 501, uralt, das gleiche graue Trägerhemd, gleiche Frisur, etwa in meinem Alter, unheimlich. Ich merkte, wie meine Lungen eng wurden, starr schaute ich geradeaus, und ich wusste, sie tut es mir gleich. Atmen dachte ich, atmen, nicht aufhören zu atmen. Es gelang mir, mich ein wenig zu beruhigen, irgendwann fühlte ich mich stark genug, ich wandte langsam den Kopf nach rechts, um sie anzusehen. Im gleichen Tempo wandte auch sie den Kopf nach rechts, sodass ich lediglich die zu einem Zopf gebundenen, verschwitzten, zerwühlten Haare zu sehen bekam. Unwillkürlich hob ich den linken Arm, um meine zum Zopf gebundenen Haare zu überprüfen, mich zu vergewissern. Die Person auf der Bank tat es mir gleich. Mein Herz raste. Ich wandte mich ab, versuchte wieder, hinunter auf das Kolosseum zu blicken, und sah doch aus den Augenwinkeln, dass sie es genauso tat.

Auf der Stelle verließ ich die Bank, den Park, floh in Richtung Kolosseum, rannte fast den Weg hinab, die steil abfallende Via Domus Aurea hinunter, jagte über die Nicola Salvi, über den Zebrastreifen, ohne auf die Ampel zu warten, stürzte mich in die Menge der Touristen vor dem Forum, umrundete in ihrem Pulk die Piazza, das antike Amphitheater, ging eilends weiter, folgte der Via dei Fori Imperiale, entlang der Bauzäune, den Blick auf das *Vittoriano* geheftet, erst am Ende des Forums wagte ich einen Blick zurück. Ich hätte im Zug nicht in dieser Zeitschrift mit den Doppelwesen blättern sollen! Und ja, ich wusste, dass es solche Erscheinungen gibt, Verirrungen des Hirns, Selbstwahrnehmungsstörungen.

Halluzinationen solcher Art entstehen, wenn Scheitel- und Schläfenlappen Positionsinformationen von Haut, Muskeln und Augen nicht zur Deckung bringen, ja, aber ich wollte nicht, dass mir so etwas passiert. Sollte ich beginnen, mir Sorgen um mich selbst zu machen?

Ich stieg in einen der Busse, fuhr ein Stück Richtung Trastevere, verließ den Bus, jetzt erst fühlte ich mich sicher.

Bei einem Straßenhändler auf dem Campo de Fiori kaufte ich eine geblümte leichte Sommerhose, Hippie-Revival, eine indische Bluse, zog mich gleich hinter dem Marktstand um, warf Jeans und T-Shirt in eine Mülltonne, fühlte mich besser. Als habe ich mich von einer alten, mir nicht mehr gemäßen Hülle getrennt.

Darunter, die fest zu mir gehörende Hülle, die mir angewachsene Haut, auch die begann allerdings, sich von mir zu trennen. Brandblasen hatten sich auf der linken Schulter aufgeworfen, eingecremt hatte ich mich gestern nicht.

Mittag war vorüber und außer dem Stand mit den indischen Klamotten gab es keinen einzigen Marktstand, hier, wo angeblich die Römer selbst einkauften. Stattdessen lag der Platz leer, die Cafés verlassen, die Hitze stand zwischen den Häusern, eine dumpfe Wand, stickiger Äther, der den freien Raum ausfüllte, meterhoch darüber, auf einem Sockel, die dunkle Gestalt des Giordano Bruno.

Ein Ketzer wie du, würde ich jetzt vielleicht sagen, wenn du hier wärest, und amüsiert sehen, wie du dich ein wenig geschmeichelt fühltest. Lachhaft zu sagen, außerhalb des Himmels sei nichts, hatte Giordano behauptet. Es gibt nicht nur eine einzige Welt, nur eine einzige Erde, eine einzige Sonne, sondern so viele Welten, wie wir leuchtende Funken über uns sehen. Du musst zugeben, das hätte dir gefallen. Du, der nicht zögern wollte, in ein Ufo einzusteigen, wenn sich die Gelegenheit böte, du, der durchaus als Anhalter durch die Galaxis reisen wollte, und du, der die orakelhafte 42 als Antwort auf die Sinnfrage gerne zitierte. Gabst dich abgedreht und abgebrüht, unverletzbar.

Aber so cool warst du gar nicht, ich kannte auch deine Verzweiflung, du wolltest Antwort auf deine Fragen: Wozu dieses bipolare Leben, wozu der Alkohol, wozu der Geist, der bei jedem Höhenflug mehr zerstört, wozu dieses Schicksal? Niemand, der eine Antwort hätte geben können. Du versuchtest es selbst. Man könnte Manie als Fortsetzung der Sucht mit körpereigenen Drogen verstehen, meintest du. Lithium, Valproinsäure und Zyprexa schienen dir ein Schloss auf den inneren Medikamentenschrank zu legen — allerdings um den Preis einer konstanten mittleren Depression. Ein Versuch, mit Remagil dieser Depression entgegenzuwirken, war gescheitert, da sich bei dir nach ca. einer Woche leichte Anzeichen von Größenwahn einstellten, ein Vorbote der Manie. Es war ein Karussell aus Tabletten, Niederspritzen, Fixieren, Alkoholexzessen, Auflehnung, Verweigerung, Rückfall, Rückkehr zu Valproinsäure, Lithium und Zyprexa. Zerriebst dich zwischen Hoffnung und Scheitern, zwischen der selbstauferlegten Forderung nach Demut und manischer Selbstherrlichkeit, zwischen Nüchternheit und Absturz. Und dir schien die Grenze zwischen Normalität und Wahn als ein Konstrukt, dass du nicht anerkennen wolltest.

Lebte ich als Sadu in Indien, sagtest du, würde man mich verehren. Hier sperrt man mich weg, schließt mich bei dreißig Grad und herrlichstem Sommerwetter ein, zusammen mit zwanzig unglaublich anstrengenden Menschen. Damit ich in dieser Umgebung lenkbar wie ein Lamm bin, werde ich gezwungen, Medikamente zu nehmen, von denen ich weiß, dass sie mir schaden. Wenn ich sie nicht nehme, verweigert man mir sogar den zehnminütigen Gang in den Garten. Machte man das mit einem Hund, wäre es Tierquälerei. Das mit sogenannten psychisch kranken Menschen zu tun gilt als völlig normal.

Also sind doch die, die so vehement ihre angebliche Normalität zum Maßstab machen, in Wahrheit die Verrückten?, fragtest du voller Zorn.

Am Ende hast du nicht mehr gefragt, bist ganz still geworden, hast nichts mehr gegessen, nicht mal mehr geraucht und hast zuletzt selbst das Fenster in deiner Kammer geöffnet, damit die Seele frei ist und entfliehen kann. Ich trage den Himmel und der Himmel trägt mich.

Ich war über den menschenleeren Campo dei Fiori geschlendert, da erblickte ich an dessen Ende einen kleinen Buchladen. *Liberia Fahrenheit 451* stand auf der Markise über dem schmalen Eingang, ich hatte Glück, die Tür stand offen.

Buchhandlungen und noch vielmehr Antiquariate haben für mich etwas Anziehendes, etwas Beruhigendes und zugleich unglaublich Aufregendes.

Hier ist ein ganzer Kosmos der Gedankenwelt versammelt. So viele unterschiedliche Geister, doch sie stören einander nicht. Jeder hat seinen Raum, aufgehoben zwischen zwei Buchdeckeln, in einem Regal, einem Stapel, einen Platz, keinen unverrückbaren Ort, aber ein Verweilen, als ob die Früchte aus jahrelangen intensiven Arbeitsprozessen, Kreativität, Fantasie, Könnerschaft, Genie in den stillen Raum atmeten, dufteten. Essenzen geistigen Lebens, konserviert, konzentriert, bewohnen diesen einen Ort und sind doch zugleich an vielen anderen Orten anwesend. Überall da, wo sich Bücher finden. Und es ist nichts Unlogisches, Widersprüchliches an diesem Zugleich-hier-und-anderswo-Sein, ja es ist vielmehr der Zustand, den man jedem dieser Geister wünscht, und die anwesenden ragen teils aus der Antike in unser Leben hinein, wehen aus entlegenen Welten zu uns heran.

In diesem kleinen Laden gab es drei kleine Räume, eng, Bücher bis unter die Decke, neue Bücher, gebrauchte Bücher, in Regalen, auf Tischen, gleich neben alten, verwitterten Buchrücken Kunstzeitschriften, Fotobände, Bildbände, natürlich Fahrenheit 451, den Klassiker.

Inmitten der zumeist italienisch betitelten Bücher fand sich hier und da ein mir bekannter Name: Nathalia Ginzburg mit ‹*Tutti i nostri ieri*› — ‹Alle unsere Gestern›, einem Roman, in dem niemand spricht, oder Elsa Morante mit ‹*L'isola di Arturo*›. Die Rede war von der Insel Procida, eine wundervolle Liebesgeschichte, das Buch hatten wir beide gelesen, die Insel auf einer unserer Reisen besucht: die Weltabgeschiedenheit, der rückwärtige Hafen, der nur zu Fuß oder mit dem Schiff erreicht werden kann. Wir waren entzückt gewesen von der immer noch verschlafen wirkenden Insel. Wachküssen wolltest du für diese Insel verbieten und küsstest stattdessen mich. Andere Inseln tauchten auf, Capri, wo wir die zerbrochene Skulptur von Amor und Psyche gefunden hatten, Giglio, Umberto Ecco neben Tomasio di Lampedusa. Und dann Ungaretti. Einige Zeilen aus der Übersetzung von Bachmann kannte ich auswendig seit damals: ›Und weil er kein Land mehr hatte, wusste nicht anzustimmen den Gesang seiner Verlassenheit…‹, und aus einem anderen Gedicht: ›ganz ohne Ungeduld werde ich träumen…

Und nach und nach, gegen Ende, kommen Arme den Armen entgegen … für immer seh ich dich wieder‹.

Ein wenig blättern konnte ich in den Werken, aber das geschriebene Italienisch zu verstehen war zu schwierig und trotz der Erinnerung an den gelesenen deutschen Text wusste ich mir nichts zusammenzureimen. Einfacher, dachte ich, seien vielleicht Bildbände: Grafiken von Picasso zu Pan und Syrinx, daneben ‹Afternoon of a Faun›, ein Fotoband über Vaslav Nijinskijs Wahnsinnsballett. Einfacher war das nicht.

Plötzlich sprang mir ein Name ins Gesicht. Angelo Poliziano. Es war ein uralter Schinken, ‹Fabula di Orfeo›, was wohl so viel heißen konnte wie 'Die Geschichte des Orpheus'. Ich musste einen Moment überlegen, woher ich den Namen kannte. Natürlich, da wohnte ich ja. Da war ich abgestiegen.

Ich hatte das Buch gekauft. Natürlich konnte ich kaum etwas verstehen. Aber ich wollte wissen, was ich mit Poliziano und Orpheus zu schaffen hatte, und hoffte in dem Text eine Antwort zu finden. Ich hatte mich gleich an irgendeinem Cafétischchen draußen niedergelassen, hatte ein Glas Weißwein bestellt und blätterte ratlos in dem alten Buch. Die Seiten waren abgegriffen und gelb, verstehen konnte ich kaum etwas: … *vuol bagnare in aqua pure … senza te non convien…*, aber der Sinn erschloss sich mir nicht. Es schien sich um den Text für ein Bühnenstück zu handeln, unterschiedliche Rollen, Dialoge, Mopso und Aristeo, wer um alle Welt war Mopso? Pluto und Proserpina, die Dryaden, Orpheus und kaum ein paar Zeilen für Eurydike. Enttäuscht klappte ich das Buch zu. ‚Was habe ich denn erwartet?‘, fragte ich mich.

Du hättest ohnehin gespottet. Dieser Orpheus, hättest du gesagt, der glaubte, ohne Eurydike nicht leben zu können. Wenn jemand einen anderen vermisst, vermisst er sich im Grunde selbst, wenn jemand sagt, du fehlst, ist das purer Egoismus, Angst und Kleinmut. Ihm selbst fehlt Glaube, Hoffnung, Vertrauen. *So what?* Erst im Loslassen kannst du behalten, was du nie besitzen kannst. Und eigentlich geht es auch nur darum, das eigene Dasein auszuloten, auch wenn es hart ist und auch wenn es dir nicht gefällt. Und vor allem, wenn du dir selbst dabei nicht gefällst, und schließlich die Überwindung des Ego, seine Aufgabe, Offensein für die reine Offenbarung, für die Schau in den stillen klaren Bergsee. Aber das wird nicht leicht, hattest du hinzugefügt. Nach dem Gesetz, wonach du angetreten, so musst du sein, dir kannst du nicht entfliehen, dich hast du immer dabei, selbst im leichtesten Gepäck…

Und ich hatte dich im Gepäck, ich trug dich mit mir, überall. Ich konnte dich einfach nicht loslassen, irgendwo abstellen wie einen Rucksack. Du hattest gut reden, fand ich, du hattest dich entzogen und mich zurückgelassen mit diesen verdammten Weisheiten, mit nichts als Erinnerung und ich war wütend. Ich vertrage keinen Wein, dann verstricke ich mich leicht in Heillosigkeiten, fast war es, als säßen wir in der kleinen Küche oder in deinem Zimmer und du hieltest eine dieser Reden. Ich falle dir ins Wort und dir in den Rücken, werfe dir vor, dass du von Liebe keine Ahnung habest, entschuldige mich voller Panik, als ob noch irgendwas gut zu machen sei. Ich kenn das, das geht immer so. ›Naht euch nicht wieder schwankende Gestalten, habt Mitleid dunkle Geister und übt Gnade…‹

Am Ende ließ ich das Buch auf dem Tischchen liegen, obwohl es teuer gewesen war. Auch hatte ich keine Lust mehr, eine weitere Nacht im Poliziano zu verbringen. Ich brauchte Leichtigkeit, etwas Kleines, etwas Unbedeutendes, weitab aller Bedeutungsschwere.

Manchmal war mit dir zu leben wie ein Trip gewesen. Ein ziemlich cooler Trip. Es war dann, als lebten wir am Abgrund. Die Wurzeln waren gekappt, das Land vergraben und der Himmel entlaubt, ein kühler Hauch, der uns aus der Bodenlosigkeit anwehte. Bewegungslos harrten wir aus und hängten uns in die Seile, mit denen wir uns verbunden hatten, damit uns die aufsteigende Luft nicht einfach packte, emporhob und davontrug.

Im Rauschen des Windes hörten wir das Ja im Nein und sahen das Schwarz im Weiß. Alles war Zeichen, in allem erschien eine tiefere Wirklichkeit. Wie trockenes Laub raschelte unser Atem, wenn wir unsere Habseligkeiten im Wind flattern ließen. Blätterfall und Sternenfall waren uns eins und wie gekreuzigt breitetest du deine Arme aus, bereit zu fliegen.

Für mich waren es Ausflüge. Ich war zu schwer, ich konnte nicht fliegen. Ich taumelte bald schon zurück auf die Erde, war längst aus der Puste, deine Energie war zu manchen Zeiten unerschöpflich. Im Geäst der Gedanken warst du flink wie ein Eichhörnchen. Unbekümmert balanciertest du wie auf zu großen Schuhen über die Seile, die unzerstörbar schienen. Bis hoch hinauf in die Kronen stiegst du. Der Blick durch die dürren Zweige reichte in den Himmel. Vogelfrei im luftigen Haus. Und du rütteltest an den Ästen, heultest wie ein Wolf, sangst wie ein Vogel. Manchmal, wenn ich ausblendete, dass du dich gerade wieder einmal völlig ruiniertest, beneidete ich dich um dieses tollkühne Agieren, das keinerlei Konsequenzen bedachte, mit großer Vehemenz einen in dir liegenden Plan verfolgte, den du andererseits aufzugeben jederzeit bereit schienst. Deine immer schneller geschlagenen Haken verloren jedoch bald ihre Eleganz, wurden irrwitziger Aktionismus, die Ziele schienen jenseits aller Erreichbarkeit. Gaben dich der Lächerlichkeit preis.

Manchmal kapptest du dann die Verbindung zu mir, löstest dich aus dieser Verankerung, hobst vollständig ab. Mit dem großen Lachen zogst du über das Land, bis du irgendwo, irgendwann verfingst, in einem Baumwipfel hängen bliebst, straucheltest und noch im Sturzflug versuchtest du deine Seile aufs Neue über den Abgrund zu spannen.

Zwangseinweisung, Geschlossene, niederspritzen, ruhig stellen, Haldol, arretieren, Zwangsjacke, die ganze Nummer.

Dann kam die Depression.

Die dauerte. Nach Wochen der Unrast, Ausverkauf aller Ressourcen, völlig blank, abgemagert, abgebrannt, stülpte sich die langsam wiederkehrende Klarsicht wie eine dumpfe dunkle Haube über deinen ruhiger werdenden Geist. Stumpf und leer war dein Blick. Manchmal rann der Speichel aus deinem Mundwinkel.

Du warst so weit weg.

Warst wie ein Tier, das unansprechbar auf einem Felsen liegt. Seit unvorstellbar langer Zeit verharrt es dort, glatt und schwarz, die Augen voll Erinnerung. In seinem Herzschlag wächst Langsamkeit. Es schaut nicht nach vorn, rollt sich in sich selbst zusammen, Windung um Windung schraubt sich die Spirale, bis es an seinen Mittelpunkt stößt. Einst aus dem Urmeer geboren, Metamorphose, ein Tier aus Stein.

Ich glaube sogar, dass mir mehr grauste vor dieser Düsternis als vor den vorangehenden Steppenbränden.

Und trotz allem blieb ein *Wir*.

Wir waren träge geworden, hatten den ganzen Winter über in der Bude gehangen, hatten uns kaum bewegt. Jetzt wollten wir laufen. Ganz langsam beginnen: 2 Minuten laufen, 3 Minuten gehen, 2 Minuten laufen — siebenmal hintereinander. In der nächsten Woche steigerten wir die Länge der einzelnen Phasen. Nach drei Wochen keuchten wir nicht mehr ganz so schlimm. Nach fünf Wochen bewältigten wir das Pensum schon recht gut. Unsere 'Rennstrecke' lief an Sträuchern entlang, an Hecken, Laub- und Obstbäumen, die jetzt begannen zu blühen. Die Haselnüsse und die Kätzchen zuerst. Bald schon folgten die Forsythien. Dann über Nacht explodierten die Kirschen. Die Bäume trugen gewaltige Schaumkronen, ein wogendes Meer weißer Blüten. Fast schon konnte ich die saftigen Kirschen riechen, die viel später erst hier reifen würden. Überall das leuchtende, helle Grün der jungen Blätter. Auf den Weiden ringsum wuchs das Gras, färbte sich saftig grün. In den Senken wiegten sich auf hohen Stängeln das Wiesenschaumkraut, Himmelsschlüsselchen und wilde Vergissmeinnicht.

Wir liefen jetzt jeden Tag mehr, jeden Tag länger, jeden Tag weiter. Alles war leichter, kraftvoll, du und ich, so könnten wir laufen, laufen immer weiter.

Dann gingst du plötzlich und ohne Ankündigung wieder weg und ich blieb stehen, allein inmitten von Löwenzahn und Pusteblumen, blies die Schirmchen in den weißen Himmel und sah ihnen nach, als sie davonflogen.

Die Abstände wurden kürzer.

Die Episoden dazwischen wie wundersame Perlen. Der Nachmittag an der Ahr. Allen Blicken entzogen, nur du und ich und das Zirpen in den Wiesen und das Rauschen des Wassers. Schattig war diese Stelle. Das Flüsschen stößt auf eine Felswand, die es staut, zu einer Kehre zwingt. Wir wateten durchs Wasser, sahen bis auf den Grund, Döbel und Forellen schossen durchs Wasser, Eisvögel wie schillernde Pfeile über dem Flüstern der eiligen Ahr.

Fingst einen Fisch mit der bloßen Hand, küsstest ihn auf sein kaltes Maul und ließest ihn wieder frei, tauchtest in dem aufgestauten Flussbett, zwischen Seerosen und wucherndem Kraut, suchtest nach Flussmuscheln und auch Krebse fandest du hier.

Noch sah ich dich. Doch warst du es noch? Hörtest nicht mehr meine Worte, zu laut schwollen die Lieder des Flusses, zu dunkel rauschten die Blätter der Bäume und Angst schlich wie Nebel in mein Herz.

Es schien, dass ich mit allem, was ich tat und genauso mit allem, was ich ließ, dich rief. Auch Neapel war so. Ich hatte diese Orpheus-Eurydike-Geschichte abschütteln wollen und stand doch plötzlich im Museum, in das ich der Hitze wegen geflüchtet war, vor dem Relief, das Hermes und das Paar zeigt. Zufall? Schicksal?

Als kreiste mein Sein allein um deine Abwesenheit – und zugleich – als breche jederzeit deine Gegenwart in mein notdürftig zusammengeschustertes Leben ohne dich, fordere meine Anerkennung.

Wie weit musste ich gehen, um dich zu behalten, zu bewahren? ›Nicht den leisesten Ton‹ wollte ich verlieren, wollte nichts vergessen, nicht den Schalk in deiner Stimme, wenn du mich mit einem Vorschlag locktest, nicht den unschuldigen Geruch deiner Haut an deinem Hals, nicht die Kuhle unter deiner Achsel, in die ich mich so gern bettete, gewiegt von deinem Ein- und Ausatmen, nicht, wie du die Haare aus meinem Gesicht strichst, nicht das durch die Medikamente verursachte Zittern deiner Hände, nicht, wie du bis zur Unerträglichkeit zögernd einen Schritt vor den anderen setztest, als müsstest du die Tragfähigkeit des Bodens prüfen, nicht unsere Fußsohlen, die im Schlaf gegeneinander geschmiegt waren, nichts davon wollte ich vergessen.

Musste ich für immer in all diesen Erinnerungen leben, mich ganz ihnen hingeben, mich darin aufgeben, um nichts von dir zu verlieren? Und wenn ich mich nicht erinnerte, mich von dir loslöste, wer wäre ich ohne dich? Zerfiele ich zu Staub, zu Asche, die der Wind davonträgt?

Wie um eine Antwort zu finden, war ich in die nächstbeste Kapelle gegangen, Capella Sansevero, hatte nicht mit der Wucht gerechnet, die von der hier ausgestellten Christusskulptur, aus einem einzigen weißen Marmorblock geschaffen, ausging.

Der nach der Kreuzabnahme verhüllte marmorne Christus lag auf einem weißen Marmorpolster, ein Satinstoff wollte mir scheinen, aber es war doch nichts als harter, feinpolierter Stein. Über den Körper war ein feines, durchscheinendes weißes Tuch aus dem gleichen Marmor gebreitet. Das Tuch verbarg kaum den Körper, unter ihm zeichneten sich die Gliedmaßen deutlich ab, übergenau die Muskeln, das Fleisch, das Haar, die Finger, sogar die Fingernägel und Zehennägel, die Wimpern. Und natürlich die Wunden, die die Nägel in Hände und Füße gerissen hatten. Man glaubte, mit unendlicher Zartheit das Tuch beiseiteschieben zu können, darunter den fast noch warmen Körper berühren zu können.

So hattest auch du gelegen. Deine Augenlider mit den langen Wimpern sachte geschlossen, die Gesichtszüge entspannt, die Arme, der Körper schon seltsam steif, friedvoll, möchte man meinen, nur das Rinnsal aus Blut und Speichel, das aus den kaum geschlossenen Lippen geronnen war, passte nicht zu dem Bild. Auch nicht das gelbe Seil um deinen Hals.

Danach war ich durch Neapel gerannt, rastlos, orientierungslos, verloren, blind. Erschöpft hatte ich einen Espresso verlangt. Als er kam, spät kam, war er kalt. Ich reklamierte. Ohne Erfolg. Wollte keinen Aufstand machen. Wenn mir jemand so blöd kommt, bin ich sowieso wehrlos.

Ratlos saß ich an meinem Cafétisch. Da lud er mich ein zu einem weiteren Espresso.

Zuerst seine Stimme, seine leichte, warme Stimme. Was er redete, verstand ich kaum, aber ich sprach etwas, er antwortete, malte Bilder in die Luft, offene Arme, offener Blick, lächelte.

Danach der Wein. Wir gingen zu ihm. Seinen Namen wusste ich nicht.

Ich war wie im Fieber — als triebe ich von irgendwoher auf ihn zu, als gäbe es kein Halten, als ließe sich nichts verhindern. Ein Fieber, in dem Wahrheit und Wunsch durcheinandergerieten, sich stapelten, auftürmten. Mein Zittern und Schluchzen — als zwänge mich ein Ozean auf ihn zu. Und sich treiben zu lassen ist die einzige Möglichkeit, wenn Wellen und Sog stärker sind.

Später erst sah ich die Bettwäsche, gestreifte Bettwäsche von Ikea, wie zu Hause, sie machte mich krank, dass es mir die Kehle zuschnürte.

Die Nacht verbrachte ich auf der Fähre. Wie hätte ich bei ihm bleiben können?

Zur Linken, über dem Festland, war die Sonne aufgegangen. Zuerst hatte ein scheues Zinnoberrot den Himmel gefärbt, hatte dann als glühendes Orange über dem Horizont gestanden, aus dem sich allmählich die Sonne herauskristallisiert hatte. Jetzt stieg sie wie ein Feuerjuwel in den Himmel.

Noch grau und im Dunst lag die Insel Stromboli. Man sah schon von hier aus die dünne Rauchsäule des Vulkans. Daneben die kegelförmigen Silhouetten der anderen Inseln, weit hinten Sizilien.

Das Wasser trug ein unwirkliches Weißblau wie von Eis, die See war ruhig, glatt und glänzend, der Himmel rechts ein helles Aubergine, weit hinten dunkler, mit ultramarinfarbener Grundierung, darüber ein paar Wolkenfetzen.

In der Nacht war manchmal der Himmel aufgerissen und hatte den Blick auf die Sterne freigegeben, Tausende. Das musste die Milchstraße gewesen sein.

Die Insel schien aus der Zeit gefallen, schwarzer Sand, weiße kubische Häuser, kein Mensch auf der Straße. Irgendwo weinte ein Baby. Verlorenheit. Wie im Film, dachte ich. Eine Hinweistafel auf Bergmann und Rossellini, die hier gelebt hatten, den Film ‹*Terra di dio*› gedreht hatten. Filmhandlung und Realität waren damals ineinandergeflossen, die Insel und ihre Bewohner verhielten sich fremd und abweisend, sowohl der Frau im Film gegenüber als auch der Bergmann selbst, als sie eine Affaire mit Rossellini begann. Sie erlebte eine Mattanza, die alte Thunfischjagt, und war zutiefst schockiert. Die Fischer hatten die Tiere mit ihren Booten von vier Seiten zusammengetrieben, eingekesselt, sie konnten nicht entfliehen. In der Todeskammer tobten die schweren Fischleiber, um ihr Leben kämpfende gewaltige zuckende Leiber, hatten längst verloren, aber lehnten sich auf, mächtig nur der eine Wunsch, sich loszureißen. Mit Enterhaken und Stangen wurden sie in die Boote gezogen, sie war indessen an ihn gebunden, trug schon sein Kind, über allem das Tor zur Hölle, der Feuer speiende Berg.

Wenn einer weiß, das Netz zieht sich zu, wenn einer spürt, mit jedem Aufbäumen nehmen seine Möglichkeiten ab, wenn einer sich mit aller Kraft gegen die Krankheit wirft, gegen ihren unerbittlichen Sog und daraus nur Zwangsmaßnahmen, Strafmaßnahmen, Klageschriften, Gerichtstermine entstehen, Betreuer, Medikamente, mehr Medikamente, Experimente mit noch nicht erprobten Medikamenten, was macht so einer?

Das gelbe Seil hatten wir einmal für einen unserer wenigen Nachttauchgänge benutzt. Mir war es unheimlich gewesen, in das dämmrige Wasser zu gehen. Damit wir uns nicht in der Dunkelheit verlieren, hattest du gesagt und hattest sie um unsere Handgelenke gebunden, denn wir hatten bloß eine einzige Lampe, eine sehr schwache Taschenlampe, mit der wir nur einen kleinen Fleck im großen Meer gerade vor uns anleuchten konnten, die Rotfeuerfische, die den Lichtkegel suchten, das Plankton, das im Schein der Lampe tanzte, die glühenden Augen der Krebse in den Korallen, der neonstrahlende Saum der Kammmuscheln.

Ich war ein Stück über den schwarzen Sand gegangen in Richtung des rauchenden Vulkans. Der vom Meer über die

Feuerrutsche aufsteigende Wind trieb die Schwefeldämpfe, die beständig aus dem Innern des Kraters stiegen, den Berg hinauf, hüllte ihn in matten Dunst, rosabräunliche verwirbelnde Wolken, unruhig und sich verdichtend, nur ein kleines Stück blauen Himmels blieb sichtbar.

Manchmal hörte ich ein Rumpeln aus dem Berg, sah nur Rauch und vulkanische Gase, schwefelige Schlieren im blassen Himmel. Schaffte kaum den Aufstieg bis zur Plattform, so schwer fiel mir das Atmen, so rutschig, sandig, staubig, steil war der Pfad, ich griff nach dem wenigen Gestrüpp, rutschte zurück, quälte mich die nächsten Meter aufwärts. Weiter oben nacktes Gestein, kein Grashalm, alles verbrannt, nichts als Asche und kalte Lava. Keine Glutfontänen, kein Magmaregen war zu sehen, alles blieb rauchender giftiger Qualm.

Später am Strand lief ich über den Lavasand, der immer noch heiß war und unter den Fußsohlen brannte. Ein Fischer hockte auf seinem ans Ufer gezogenen Kahn, besserte das Netz aus, trank Wein aus einer Flasche, schaute immer wieder zu mir herüber.

Das Wasser war kristallklar. Hier mit dir über den schwarzen Grund zu schnorcheln, in die Unterwassergrotten zu tauchen, die der Vulkan geschaffen hat, müsste wunderbar sein. Wir würden Seeigel und Kraken, Perlen und Obsidiane finden, vulkanisches Glas, das uns das im Inneren der Seele Verborgene zeigt, das, was tief in den Dingen schläft.

Er fragte nach meinem Namen.

Er hatte ein Tattoo auf seinem linken Arm, dunkle Tinte, ein Oktopus, dessen Fangarme sich über seinen Körper legten, Saugnäpfe, präzise gestochen, einer neben dem anderen, die Haut, die des Kraken und die des Fischers waren eins.

Ich strich über das Bild, die Haut fühlte sich stumpf und kühl an. Ich stellte mir vor, so ein Krake würde, wirklich, mich packen, sich über mich stülpen, mich in die Tiefe ziehen. Alles wäre weit im Land der Weichtiere, der Knorpeltiere, der Fische. Ich hätte keine Angst. Es bliebe ein Lächeln und der Glanz in den wissenden Augen.

Fische sind stumm…, meinte man einmal. Wer weiß?

›Aber ist nicht am Ende ein Ort, wo man das, was der Fische Sprache wäre, *ohne* sie spricht?‹

Ich sah die Narben auf seiner Stirn, an seinem Hals, sie waren korallenrot. Ein Messer, dachte ich, zerschnitte das Netz, zerschnitte das Seil, ehe es zu spät war. Unter der Hand glänzten Diademe zwischen spitzen Stacheln, die brachen, bohrten sich in die Haut und blieben.

Seine Arme, an denen ich mich festsaugte. Für eine Nacht war ich sicher.

Un paese speciale, un posto bellissimo, fantasmi, ein wundervoller Ort, ein Grenzort, hatte er gesagt und mich am Morgen mit seinem Boot im kleinen Hafen von Ginostra auf der rückwärtigen Seite der Insel abgesetzt.

Gleich hinter dem Hafenbecken begann eine Mauer entlang der steile Aufstieg zu den wenigen Häusern, die leuchtend weiß im Berg lagen. Würfel, mit denen der Windgott gespielt zu haben schien, auf deren Fassaden der blasse Hauch der Morgenröte flirrte, eine kraftlose, zerbrechliche Andeutung ihrer kosmischen Verbindung.

Musste an den Psalm denken: ›Nähme ich Flügel der Morgenröte und flöge ans äußerste Meer‹ ... so wäre ich doch aufgehoben, beschützt? Oder wie hieß es da?

Ich aber kam mir hier wie ausgesetzt vor.

Noch war Ginostra nichts als verlassen, noch hatte kein Touristenboot angelegt, noch standen die Esel nicht an der Mauer, um Fußlahme den Berg hochzutragen, noch hatte das kleine Café nicht geöffnet.

Ich stieg also auf. Mauerpfeffer und Thymian brachen aus den Fugen der aufgeschichteten Steine, Eidechsen glitten an den Wänden entlang, huschten über den Pfad, der erst breit war, bald aber schon von beiden Seiten aus zugewachsen. Die Häuser, an denen ich vorbeikam, standen leer. An einer Wand las ich eine wehmütige Inschrift, von einem, der Pasquale Giuffré hieß, vielleicht ein ehemaliger Bewohner, datiert auf das Jahr 2008. Was ich verstand von seinen Worten: ‚In diesem Dorf kann man noch die Wände sehen, aber das Herz hat aufgehört zu schlagen... Es kommt nicht wieder zum Leben ein Herz, das zu schlagen aufgehört hat, und es ist mit unendlicher Traurigkeit, dass ich von meinem Ginostra Abschied nehmen muss!'

Die Bewohner von Stromboli und dann auch von Ginostra waren ausgewandert, seit Langem schon, nach Kanada, nach Australien. Hier hatte es kein Leben mehr für sie gegeben und die, die geblieben waren, auch für die war die Lebendigkeit erloschen. Zu wenige waren sie gewesen, keine Kinder, die nachgewachsen wären, keine Jugend. Ein normales Schicksal für in Vergessenheit geratende Orte und wohl auch für diesen besonderen Ort.

Hier waren die Menschen, wie es schien, völlig von der Welt abgeschieden gewesen, hatten sich vielleicht isoliert und eingeschlossen gefühlt und waren doch frei gewesen. Hatten mit dem Wind gelebt, hatten ihre Wohnungen mit ihm geteilt, die Terrassen, die Sommerküchen, die lichtdurchfluteten und winddurchfegten Räume. Irgendwo sirrten die immer noch gespannten Stromkabel, hoch oben kreiste ein Falke.

Welch eine Wohltat müsste es sein, wenn ich meine Wohnung daheim einmal so vom Wind durchpusten lassen könnte, wenn der alles mitnähme, was sich angelagert hat, alles, was darin an Dunklem nistet, die Flecken im Boden, die blinden Fensterscheiben. Er könnte alle Räume öffnen, alle Gespenster vertreiben.

Ich hatte mich auf einer der Terrassen niedergelassen, auf einer mit wunderschönen Majolikafliesen belegten Steinbank. Sie zeigten Ornamente von blauen, türkisen und grünen ineinander verschlungenen Linien, Vögel, Pflanzen. Alles von Hand gemalt. Die Sonne war höher gestiegen und es war wärmer geworden, der Wind streifte durch das

Laubendach, sang in der Wäscheleine, eine lose angelehnte Tür schlug im Luftzug. Ein alter Lederbeutel hing an der Klinke, dämpfte die Schläge, eine uralte Haut mit Schrunden und Narben. Ich kam mir vor, als würde ich ganz in diese Landschaft eingehen, in ihr verschwinden, mit den Häusern untergehen. Ich bin hier ein dunkler Schatten an eine der Säulen gelehnt, dachte ich, mehr nicht.

Ich lauschte dem Klagen der Tür, den Windliedern, dem Sirren, den sich ausbreitenden Tönen, wie sie an mein Ohr schwammen, surrten, als ob jemand eine Windharfe aufgestellt hätte, auf einer Mundorgel spielte, Botengesänge der Geisterwelt. Es war, als würde ich mich in die Klangräume dehnen, als nähmen die Töne von mir Besitz. Dann drehte der Wind. Scharfe, hohe, schneidende Töne wehten auf mich zu. Kälte streifte plötzlich über die Haut. Die Haare stellten sich auf, auf den Armen, im Nacken, die Kopfhaut spannte, die Hände begannen zu zittern, die Arme und Schultern, der ganze Körper bebte, ein unkontrollierbares Schlottern, was langsam abebbte und von Neuem begann. In Wellen krümmte sich der Leib, wurde geschüttelt, von Schauern überrollt, wieder und wieder.

Ich war unfähig, dagegen zu halten, mich zum Ruhigsein zu zwingen, musste mich gewähren lassen, musste zulassen, dass Panik aufstieg, dass ich glaubte, zu zersplittern, zu zerspringen. Als der Anfall vorüber war, war es, als kehre ich mit einem Flattern und Fächeln nach einer langen Zeit endlich zu mir selbst zurück. Wenn das, was wir sind, nicht an die Körper gebunden ist, nicht an die Häuser und Felder, wenn das mit dem Wind treibt, über dem Berg wohnt, über den Meeren, bliebe das Licht, und das Verwehen.

Mit dem ersten Boot, das anlegte, verließ ich die Insel.

Den ganzen Tag über war es heiß gewesen, dann hatte sich der Himmel zugezogen und Wolken hatten sich aufgetürmt. In der einsetzenden Dunkelheit dann der Regen. Da, wo die Straße in einem Bogen verlief, fand ich einen Unterstand, eine Art Zelt, aus dem noch ein wenig Licht drang, wehende Plastikbahnen, die eine Sammlung antikes Baumaterial, Stuckelemente, Gipsköpfe, Türen aus verwittertem Holz beschirmten.

Und einen Stapel Majolikafliesen, alte Exemplare, eine jede anders bemalt. Ich strich eine Lage Staub von der oben liegenden, spürte in der glatten Fläche noch die Wärme des Tages. Wenn ich meine Küche daheim so fliesen würde ..., alles würde sich weiten, dachte ich. Abgesehen davon, dass es mir unmöglich sein würde, wollte ich den Preis wissen, Internetadresse, ob sie liefern. Ich rief in den alabasterfarben schimmernden Raum, der sich hinter das Verkaufszelt anschloss. Draußen lärmte der Verkehr, aus dem Nebenraum klang das metallene Schlagen von Hammer und Meißel. Ich rief lauter. Keine Reaktion. Ich blieb eine Zeit lang in diesem nur von einer nackten Glühbirne beleuchteten Lager mit den Brunnensteinen, Lügenmündern und mit den tausendfach verewigten Schönheiten Venus, Diana, Apollo und anderen mehr.

Auch wenn es sich um nichts anderes als Gipsabdrücke handelte, stand ich voller Bewunderung bei ihnen, blieb ganz still.

Erst nach einer Weile bemerkte ich, dass der Plastikvorhang zur Seite geschoben war, eine helle Wolke wie Nebeldunst quoll daraus, ich sah ein verstaubtes Gesicht, leichenblass, wie es schien, von einer gleißend hellen Aura umgeben. Auch auf der Haut, auf dem T-Shirt lag der Staub, den er bei seiner Arbeit produziert hatte.

Erschöpft wirkte der Mann, müde, ausgelaugt, hager — Schakalsgesicht (dachte ich).

Das ist alles Kopie, wertloses Zeug. Er wies auf die Köpfe. Das kauft eh keiner.

Einer der deutsch spricht, dachte ich, wieso spricht er mich so an? Wie lange hatte er mich beobachtet?

Und außerdem auch bloß Teile. Die Originale waren vollständige Körper, na ja, manchen fehlten Arme oder was. Hier haben wir bloß die Köpfe. Als ob man mit dem Kopf schon das Ganze hätte.

Das Ganze?

‚Ja, eben, die Körper sind genauso wichtig, darin vor allem kommt Schönheit und Ebenmaß zur Geltung. In den nackten Körpern, meine ich.‘

Er fixierte mich. Seine Augen schienen schwarz in dem weißen Gesicht. Ich erschrak. Es ging eine Gier von dieser Person aus, eine Radikalität, und ich wusste nicht, wem sie galt.

‚Von der hier‘, er zeigte auf einen Venuskopf, ‚gibt es gar kein Original mehr, bloß ein Relief auf einer Münze, Erzählungen und Kopien. Dabei ist sie das Urbild der nackten Venus, die Venus von Knidos.‘

Aha.

‚Die Originale hat der antike Bildhauer Praxiteles geschaffen.‘ Er war in einen belehrenden Ton gefallen, seine Stimme schien apathisch geworden.

‚Die muss ihm so gut gelungen sein, der harte Marmor muss regelrecht weich gewirkt und so echt ausgesehen haben, dass sie das Objekt der sehr lebendigen Begierde eines jungen Mannes geworden ist. Dokumentiert durch einen Fleck am Schenkel.‘

Es klang gelangweilt. Tausendmal hatte er die Worte wohl schon gesprochen.

Ich sagte nichts.

Unwirsch beendete er den Vortrag: ‚Du erkennst hier sowieso nichts bei dieser Funzel.‘ Damit verschwand er hinter dem erleuchteten Vorhang und nahm seine Arbeit wieder auf.

Unschlüssig erst und dann doch, darf ich was fragen, wieso er in Palermo, die Sehnsucht nach Licht, nach Wärme, irgendwie ist er hier hängen geblieben, wie er arbeitet, was er arbeitet, an einem Klotz, Körperhöhe, er schlägt daran herum, konzentriert, ohne aufzuschauen, schlägt Stücke heraus, schmirgelt von Hand mit Sandpapier, schneidet mit der Flex, es ist nichts Figürliches daran, doch sind weiche Formen erkennbar, Licht und Schatten. ‚Dieses Licht‘, sagt er, ‚das die Fläche bescheint, ist Mist, zu sanft, es nivelliert alles, ich brauche helles, grelles Licht, das Schatten wirft‘, sagt er, ‚ich brauche Licht und Schatten, der Schatten ist mein Mitarbeiter, mein Assistent, mein Begleiter, meine Ergänzung, nur mit dem Schatten sehe ich das Licht, leuchtet das Licht, diese Wölbung, hier, dieser Hügel, die weiche Vertiefung, ohne Schatten — vergiss es. Und dafür brauche ich das Licht.‘ Er knipste einen weiteren Scheinwerfer an.

Und was die Skulptur darstellt?

Darauf komme es nicht an, er arbeite etwas ab, arbeite sich selbst ab an dem Stein, wolle Lichtprojektionen, Dunkelheiten ausleuchten, Durchbrüche schaffen.

Keine Reliefs, keine Gravuren, keine Plastiken, Durchbrüche!

Er warf die Flex an, erzeugte eine neue Staubwolke, das ganze Atelier wurde zu einem wabernden weißlichen Raum. Später lag der Staub auch auf meinem Haar, auf meiner Haut.

Warum ich dablieb, Stunden, ihm zusah bei seinem Werk, bei dem immer mehr zu verschwinden als zu entstehen schien: Einerseits hatte ich das Gefühl, ich könne etwas von ihm lernen, etwas von seinem Umgang mit dem Stein, seiner hartnäckig andächtigen, fast besinnungslosen Art der Bearbeitung, etwas davon mitnehmen, anwenden, möglicherweise liefe alles darauf hinaus, die Dinge ins rechte Licht zu setzen.

Andererseits schien es ihm wichtig, mich als eine aufmerksame Zuschauerin seiner Bildhauerkunst in seiner Gesellschaft zu behalten, und er verpflichtete mich mit allerlei Aufträgen: Kannst du uns einen Tee kochen, drehst du mir eine Zigarette, was ich tat.

In der Ecke neben einem Waschbecken stand ein Tischchen, darauf ein Wasserkocher, Aschenbecher und tatsächlich ein paar Tassen, umgedreht, eine Schachtel mit billigen Teebeuteln. Ich reichte ihm die Tasse.

‚Ja danke, stell sie mal da ab.‘

‚Auf dem Tischchen?‘

‚Ja, wo sonst?‘

Für einen Moment lag ein Lächeln auf dem schmalen Gesicht. Er hob die Schultern, zog die Augenbrauen hoch, sackte zusammen. Darum hatte er Tee haben wollen? Um ihn abzustellen? Es war seltsam, denn obwohl er mich offenbar nicht gehen lassen wollte, schien er sich in meiner Gegenwart irgendwie zu schämen, wurde fahrig, schlug Brocken ab, was er mit einiger Panik feststellte, fluchte, und warf auch mir ein paar unfreundliche Bemerkungen an den Kopf.

‚Es geht nicht, du machst mich nervös!‘

‚Ich wollte sowieso längst gehen.‘

‚Nein, nein, es ist bloß so, ich kann mich nicht konzentrieren, ich muss in den Zustand der absoluten Empfindungslosigkeit kommen, sonst wird das nichts, und du, wenn du so herumschaust, du hast wirklich kein Talent zum Anästhetikum, sorry, du störst.‘

Am Ende sollte ich Schuld haben an dem wachsenden Misslingen seiner Arbeit. Ich verstand schon lange nicht mehr, was er aus dem Stein herauszuholen im Begriff war.

Als ich aufstand, bestand er darauf, mich auf meinem Weg zum Hostel zu begleiten. Wollte mich nicht allein gehen lassen um diese Stunde. Zu viel Schatten um diese Zeit.

Tatsächlich gab es keine Menschenseele — im Schutz der Dunkelheit streunten wir durch die Straßen, vielleicht war es zwei Uhr nachts. Es schüttete vom Himmel.

Wir waren nass bis auf die Haut, die Haare klebten, Tropfen rannen übers Gesicht.

Er entkleidete sich, stand vollkommen nackt, mitten in der Stadt, für jeden sichtbar unter einer Laterne. Der Regen wusch den Staub aus seinen Haaren, dem Gesicht, von den Armen, ein ums andere Mal lief ein Schauer über seinen Körper.

‚Wenn man sich lösen könnte‘, seufzte er, ‚sich auflösen, zerfließen, untergehen, verschwinden, mit dem Regen in der Erde versickern – tief bis an die Wurzeln – Pflanze werden, mit weit geöffneten Poren das Licht trinken, es aufnehmen, jede Zelle verwandeln…'

‚Aber' – seine Stimme klang bitter – ‚da sind keine Wurzeln, nichts ist da, was hält. Nicht mal der Stein hat Bestand. Alles ist Augenblick, Momentaufnahme. Und du siehst und siehst nicht und du betest um Einsicht, um Erleuchtung und zugleich hast du Furcht vor der gleißenden Klarheit der Erkenntnis.'

Ich verstand nichts von dem, was er sagte.

Er neigte den Kopf zurück, weit zurück – das Gesicht jetzt dem Himmel preisgegeben. Auf der schutzlosen Stirn sammelte sich das Licht der Straßenlaterne. Er schien jetzt vollkommen entspannt, hielt den Mund weit geöffnet und trank die glitzernden Wasserfäden.

Ich aber fühlte mich hintergangen, für die Sondervorstellung eines Egozentrikers missbraucht. Ich nahm ihm seine Anschuldigungen übel, die Theatralik, mit der er diese Lichtshow inszeniert hatte, statt Mond und Sternen diese jämmerliche künstliche Lichtquelle einer hässlichen Straßenbeleuchtung und schlimmer noch, dass er sich damit zufriedengab. Darüber hinaus, dass ich einfach viel zu lange bei ihm ausgehalten hatte.

War die letzten Tage rastlos: Rom, Neapel, die Insel, Palermo, Castelmare — jetzt bin ich am Arsch der Welt. Hier ist es öde, eklig, grausam, einsam, du fehlst — sorry, ich bin eben doch ein Egoist.

Erleichterung habe ich nicht gefunden, wollte dahinwehen wie dürres Herbstlaub — ah, dieses Selbstmitleid, das stimmt auch nicht, eher ein Segel, das vom Wind gebläht Fahrt aufnimmt, über das Meer fliegt, diese Leichtigkeit wollte ich, du weißt, was ich meine…

…war wohl nichts,

…stattdessen sitze ich hier fest,

…es gibt keinen Zug,

…keinen Bus,

…niente.

Ich war also diese Nacht am hässlichsten aller Strände von Sizilien, von Italien, ach, von überall. Unten am Meer im Mondschein hatte ein Angler seine Angeln in den Sand gesetzt, sie kontrolliert, eine nach der anderen, zog an einer Schnur, holte sie ein, warf sie wieder aus — ich beneidete ihn - er wusste wenigstens, was er tat -, in seinen Bewegungen war Sicherheit und die Überzeugtheit vom Sinn dessen, was er da machte. Später würde er ein paar Meeräschen oder was auf den Grill legen, noch später satt und müde irgendwo schnarchen — ich hatte seit Rom kaum geschlafen.

Am Himmel sah ich den Orion, die ganze Formation, den Dreier, Beteigeuze und Rigel, den Sirius zu seinen Füßen. Die andere Nacht war kälter gewesen, wir waren durchs

Tal gegangen, dann unseren Berg hinaufgestiegen. Oben hattest du mir den roten Riesen, den Beteigeuze gezeigt, Heimatstern der galaktischen Anhalter, da warst du noch klar. Ich suchte den unteren Rand des Orion ab nach dem Himmelsfluss, dem Eridanus, Grenze zwischen dem Reich der Lebendigen und der Toten, konnte ihn aber nicht finden.

Ein alter Hund hatte sich zu mir gesellt, hatte, als ich vorhin die Weinflasche öffnete, mit einem Happs den Korken gefressen und wich seitdem nicht von meiner Seite – schaute mich an, verfolgte jede meiner Bewegungen – das machte mich ganz kirre –, war mit mir zum Bahnhof getrabt, als ich zum dritten Mal die Fahrpläne angestiert hatte: Es blieb dabei, heute kam wirklich kein einziger Zug mehr. Später war er mit mir ans Meer gegangen, dahin, wo vorher der Angler gewesen war. Jetzt saß er neben mir. Wieder dieses Gefühl, als schaute aus seinen Augen noch ein anderer, schaute mich an, einer wie ich, den ich nicht kannte.

In den nächsten Stunden gibt es genau zwei Verbindungen, eine zurück nach Palermo, eine nach Trapani, weiter in den Süden.

Was würdest du tun?

Doch einmal einen Weg zurückgehen und in Palermo die Fähre nach Tunis besteigen? Oder weiter, weiter nach Trapani und von da aus? Weiter natürlich …

In der Nacht wieder die Frau. Es war ein Raum, ein Vortrag, eine Lesung vielleicht, Stuhlreihen, ich hörte gar nicht hin, sah immer nur auf sie. Sie saß in der Reihe vor mir, war auf eine Art allein, die mich ansprang wie der Kochgeruch von Wintergemüse in schlecht gelüfteten Häusern. Sie schien geschrumpft, nicht nur im Nacken, sondern überall, als ziehe sie sich aus sich selbst zurück, fülle ihre Form nicht mehr aus. Das blond gelockte Haar, jetzt kurz, schütter und grau, glanzlos, ihr Nacken, der Nacken, der einst jeden Maler mit seiner Schönheit gebannt hätte, dem zart hervortretenden Wirbel, den straffen Sehnen, die glattgespannte Haut, jetzt ein in mehreren Falten übereinanderliegendes stumpfes Fell, als ob sie da hineinwachsen müsse, als ob man sie dort wie eine junge Katze packen und wegtragen müsse, aus ihrem eigenen Leben wegtragen müsse, an einen unvorstellbaren Ort. Beim Aufwachen dann der Geschmack von verdorbenem Brot auf der Zunge. Der Hund hatte mich in der Nacht verlassen.

Jetzt also Trapani, der Bahnhof, Kopfbahnhof, Provinzbahnhof, hat immerhin 10 Gleisspuren. Die stammen wohl aus einer besseren Zeit, denn die meisten liegen unnütz herum. In ihrem Gleisbett steht verdorrtes Grün, trockene Disteln, mannshoch. Auch hier zeigt der Fahrplan bloß zwei Ziele: über Castelmare nach Palermo, woher ich komme, oder die andere Richtung bis Castelvetrano, Endstation, aus, zappenduster. Das könnte man mit zwei Gleisen bewältigen. Zwei Gleise reichen für eine Kreuzung zweier Herzwege. Der nächste Zug geht in drei Stunden nach Castelvetrano, hält in Marsala, vielleicht bleibe ich hier, hier in Trapani, vielleicht gibt es hier irgendwo einen Kaffee?

Die Mitreisenden hatten sich zerstreut. Ich war allein übrig geblieben, an diesem Ort, von dem alle Wege wegführten. War unentschlossen, müde, als ginge ich zur Neige, wusste nicht wohin, was tun. Mangels Kaffee hatte ich den Rest Wein vom gestrigen Abend getrunken und erst einmal saß ich auf der Bank unter dem Schatten des Tamarindenbaums. In seinen orangeflammenden Blüten, in seinen purpurnen Träumen hing ich herum, richtete mich ein — Riesenschoten, Affenbrotschoten, Schlaraffenschoten. Jede Schote ein ferner Wald voller Bäume, Stämme, Blätter, Rascheln und Raunen und das Geschrei der wilden Vögel — alles über meinem Kopf, in Greifnähe, kopfüber an die Äste geklammert, himmelwärts, schaukelte mit meinem Körper, mit den Augen, die klappen zu und klappen auf, der Blick schwimmt aus ihnen fort, leere große Höhlen, in die die Bilder fallen, keinen Halt finden, wegsacken, kein Netz, das sie auffängt.

‚Was willst du eigentlich von mir?‘, hattest du mich gefragt. Und ich wusste nichts zu sagen, wollte ich denn überhaupt etwas von dir? Ich wollte bei dir sein. Konnten wir nicht einfach nur da sein, miteinander, zusammengeführt, füreinander? Du und ich, der eine im anderen, wie sollte ich das auflösen? Und konnte das, was uns zusammenhielt, nicht im Dunklen bleiben, an einer fremden, unbegehbaren Stelle, tönen als Musik, der wir zuhören, die uns trägt?

Romantischer Unfug schien dir das, Gefängnis, Strangulation, du wolltest frei sein in deiner Liebe, radikal frei, ungebunden, unverfügbar, hast mir vorgeworfen, ich benutzte dich aus Angst vor meinen eigenen leeren Stellen, vor den unbeschriebenen Seiten, aus purer Panik. Liebe, hattest du gefragt, dieses gierige Habenwollen, das soll Liebe sein?

Ich musste geschlafen haben, ziemlich lange sogar und irgendwann musste ich aufgestanden sein, den Rucksack genommen haben und losgegangen sein. Ich hatte die Richtung Altstadt eingeschlagen, hatte den großen Platz mit der Skulptur der Liebenden passiert, hatte Schatten gesucht und war in den Park eingebogen, an den Volieren mit ihrem Vogelgezwitscher entlanggegangen, war am großen Fähranleger vorbeigekommen, hatte die Abfahrtszeiten für Marrittimo, Levanzo und Pantelleria notiert, hatte weiter draußen die Salinen mit den rotbedachten Windmühlen in der Lagune flimmern sehen. Die Gluthitze war einer leichten Brise gewichen, die vom Meer herkam, das hier von allen Seiten an das Land anschlug. Je schmaler die Landzunge wurde, desto drängender. Schon konnte man an den Kreuzungen der gerade verlaufenden Straßen sowohl zur Rechten als auch zur Linken das Wasser sehen, darüber den Himmel, einen bläulicher Dunst, der verwischte, verschleierte.

Seit wann er vor mir herging, konnte ich nicht sagen. Dieser Junge, schleifender Schritt, tänzerisch, lässig und doch ganz zerrissen. Es gab keine einzige natürliche Bewegung, keinen einzigen normalen Schritt. Zeigten Kopf und Beine nach rechts, war der Körper nach links gewendet. Ich musste ihm wohl schon eine Weile gefolgt sein, als es mir irgendwann bewusst wurde, dass ich ihm nachging, und da schien es richtig, ihm zu folgen. Erst war es wie ein Spiel, auf das ich mich eingelassen hatte. Ging ich schneller, ließ er mich keineswegs näher an sich herankommen, sondern beschleunigte ebenfalls seinen Schritt. Wurde ich langsamer, blieb auch er einmal stehen, ließ mich aufholen, setzte sich wieder in Bewegung. Während ich dem Jungen folgte, schalt ich mich närrisch, folgte ihm jedoch mit einem leichten Schauer, hoffte, dass niemand unser geheimes Abkommen durchschaute, und mich auslachte. Folgte ihm unaufhörlich, ließ ihn nicht aus den Augen, als hinge mein Glück davon ab, ihn nicht zu verlieren. Kaum wagte ich, einen Blick auf die Portale der alten Palazzi zu werfen, den üppigen barocken Stuck, die schweren dunklen Holztüren, kaum die Fassaden mit ihren Balkonen entlang zu streifen, mit der auf die Leinen geklammerten Wäsche, den sich blähenden weißen Laken.

Obwohl ich ihn nicht kannte, ihn nie zuvor gesehen hatte, war ich mir auf seltsame Art sicher, dass er mich führte. Wenn ich ihm folgte, würde ich klarer sehen.

Es lag etwas Hypnotisches darin, wie er mich durch die schmaler werdenden Gassen zog. Die Tische vor den kleinen Ladenlokalen mit ihren Weinflaschen und den hübschen, zu Pyramiden gestapelten Thunfischdosen wurden weniger jetzt, ebenso die ausgelegten, zum Verkauf angebotenen Knoblauchzöpfe, die Büschel Oregano und die kleinen, leuchtend roten Tomaten. Niemand sonst auf der Straße. Die Fischer in den dunklen, schattigen Kellerverschlägen, die mit Nadel und Garn ihre Netze ausbesserten, sie hätten mich vielleicht aufhalten können. Wenn sie von ihrer Arbeit aufschauten, waren ihre faltigen Gesichter weich, und in den Augen lag die Weite des Ozeans. Vielleicht haben sie mir etwas zugerufen, aber das Rauschen des Meeres war lauter jetzt, sein Gesang ein Sog, willenlos, ich, verstrickt und eingewiegt in seinen Gang, und plötzlich sah ich es, das T-Shirt, er trug dein T-Shirt, das mit der Aufschrift: *Be happy!* Du hattest es oft getragen, am Ende hattest du es fast nur noch getragen.

Wie konnte das sein? Plötzlich hatte ich weiche Knie, alles Blut versackte, fühlte mich bleich werden und feuerrot, das Herz raste. Ich beschleunigte meinen Schritt, wollte ihn einholen, musste sein Gesicht sehen. Da wurde auch er schneller. Jetzt bog er ab, schlug einen Haken. Ich hastete hinterher, sah ihn in der Verlängerung der Straße die Stufen zur Uferpromenade hinaufsteigen, mit unglaublicher Leichtigkeit, immer zwei Stufen auf einmal nehmend. Rannte blindlings hinter ihm her, geblendet vom Licht der schräg stehenden Sonne, seine Silhouette, als verschmelze er mit dem gleißenden Licht, löse sich darin auf. Schwarze Flecken blitzten auf der Netzhaut, ich verlor ihn, keuchte die Stufen hinauf. Aber er war weg. Da war nichts als das weite, glitzernde Meer. Eine fließende, flirrende Fläche, die in den Augen brannte. Der Junge war nirgendwo zu sehen.

,Versuche nicht, mich zu halten‘, hattest du gesagt, ,wenn ich das merke, bin ich weg, glaub mir‘. Und ich hatte genickt und doch nichts verstanden.

Noch atemlos und um Luft ringend drehte ich mich um, bemerkte erst jetzt die Alten auf den Stühlen vor ihren Haustüren. Ihr Leben lang sitzen sie um diese ich Zeit abends auf dieser Uferpromenade, lassen den Tag ziehen, schauen der Sonne nach. Und hatten auch mich aufgelöst auf die Promenade stürzen sehen. Aber nichts in ihren Mienen zeigte Verwunderung oder Spott. Sie verströmten vollkommene Gleichmut und Gelassenheit. Auf den blank getretenen Steinen des Weges lagen in die Jahre gekommene, fettgewordene Hunde, stumpfes Fell, zottelig. Sie dösten, erwarteten gemächlich ihr Ende.

Ich wendete mich ab, ging zum äußersten Landzipfel, da wo die Insel nichts als ein schmaler Grat zwischen den Wassern war, da stieg ich hinunter an den steinigen Strand. Hier lagerten ganze Berge von trocknenden Algen, an denen der Geruch der Fäulnis haftete, Unrat, Plastikdeckel, Flaschen, Kronkorken, Zigarettenkippen und rostige Konservendosen, Fischköpfe und Fliegen. Das Meer bringt alles zurück.

Später hatte sich der kleine Hafen belebt. Die Fischer liefen geschäftig auf der Kaimauer umher, gingen an Bord. Die Fangköcher im Heck der Kähne standen bereit, die Netze lagen aufgerollt und einsatzfertig auf den Bootsdecks, Dieselmotoren spuckten und tuckerten, eins nach dem anderen liefen die Boote aus. Sie fuhren nicht weit, dann schalteten sie die Motoren ab, schaukelten sacht, die Positionslichter glitzerten auf dem Wasser. Das Meer war ruhig an diesem Abend, die Stimmen der Fischer, wenn sie sich etwas zuriefen, und ihr Lachen verloren sich im Dunst. *Be happy*, wieder und wieder schwappte das Bild gegen meine Stirn, eine Welle, deren allmähliches Meer ich wurde.

Für die Nacht brauchte ich eine Bleibe, fragte in einem kleinen Lokal nach einem Bed & Breakfast, einem Hostel, einem Zimmer. Eine junge Frau bot sich an, mir den Weg zu zeigen, sie ging bloß bis zur nächsten Ecke, rief nach der Vermieterin, die erschien, wirres Haar, zu einem Zopf gebunden, rauchend auf einem Balkon, die beiden verhandelten, ich hatte Glück, man hatte ein freies Zimmer für mich.

Einsamkeit war vom Meer her dem Abend entgegengestiegen. Wir waren müde gewesen und einsilbig geworden. Es war schon fast dunkel, als wir unsere Isomatten und Schlafsäcke am Rande eines kleinen Pinienwäldchens ausgerollt hatten. Unser Lager befand sich ein wenig abseits des Weges, der am Saum des Waldes vorbeiführte, verborgen hinter den Stämmen, und schien nahezu unsichtbar in der um sich greifenden Dunkelheit der Nacht. Wir jedoch konnten von hier aus unseren Blick schweifen lassen, über den Weg, den angrenzenden schmalen Wiesenstreifen, das helle steinige Ufer und zuletzt das Wasser, das dunkel und schwer die Insel säumte.

Pinienzapfen und Steine an unserem Schlafplatz hatten wir aufgehoben, damit wir weich lägen auf den vielfach geschichteten Nadeln, wie in einem Nest. Die Zapfen hatten wir auf einen Haufen geworfen, aber aus den hellen Kieseln hatte ich zu unseren Häuptern eine Spirale gelegt, an der wir uns entlangträumen konnten bis tief ins Innere. Du warst bald eingeschlafen, ich lauschte deinen Atemzügen, sie waren so leise, dass sie unter dem Rauschen der Äste, dem Rauschen des Meeres verschwanden. Auch die Konturen der Stämme verschwammen und selbst du wurdest weich und dumpf und eins mit dem Waldboden.

Später ging der Mond auf. Ich lag auf dem Rücken und schaute in die schwarzen Schatten der Bäume, ihre gefiederten Äste, die ineinandergriffen, die im Wind wogten, die den Blick auf die Sterne freigaben und sie wieder unter Wolkenschleiern verbargen, ein Weben und Wehen, das die Schwere des Herzens hinaufhob, in die Lüfte, die Räume, die groß sind. Und du schliefst deinen langen Schlaf in mir und alles war dein Schlaf. Ich weckte dich nicht, hörte nicht den Gesang, war Hirte, war Hüter und wachte vergebens.

Gegen Morgen dann die Schafe, fahle Schatten, Tiere ganz aus Stille, wie sie aus dem gelösten Wald drangen, lauter Schafsleiber, wollige, weißliche Wesen, an die hundert Tiere oder mehr, stumm war die Herde, lautlos und bleich zogen sie vorüber, sie nahmen keine Witterung auf, sie blieben ganz für sich, gemächlich folgten sie ihrem Weg. Ein Geisterzug ohne Schäfer, kein Hund, kein Wolf, keine Gefahr, in diesen frühen Stunden.

Vielleicht könnte Levanzo diese Insel sein oder auch Pantelleria, dachte ich. Immer bin ich auf der Suche nach dieser Insel, nach dieser oder einer anderen, und weißt du noch, wie wir einmal im strömenden Regen hinübergepaddelt sind, alles Gepäck auf dem Surfbrett aufgetürmt, wie wir auf der Insel Glut finden in einer eben erst verlassenen Feuerstelle, Glut, aus der wir ein neues Feuer entfachten, das uns in dieser regennassen Nacht rettete, uns Wärme schenkte.

… vermutlich früher Morgen, draußen hörte ich die Stimmen der Fischversteigerer vom nahe gelegenen Fischmarkt.

Der Kühlschrank in meinem Ferienzimmer war leer, es lag kein Käse, kein Brot darin, es war nur das darin, was ich hineingetan hatte, nämlich nichts. Das war wohltuend.

Der Mann in meiner Wohnung, manchmal lässt er Brot da, er lagert es im Kühlschrank, genauso wie du. Manchmal ist es nach einer Zeit aufgebraucht, aber doch gibt es so lange Phasen seiner Abwesenheit, dass das Brot auch im Kühlschrank verdirbt und zu schimmeln beginnt. Auch dein Brot verschimmelte, wenn du wieder und wieder im Krankenhaus warst. Mir blieb dann nichts übrig, als es wegzuwerfen.

Hier war das Brot lecker. Sie backten Olivenöl, Rosmarin, Knoblauch mit hinein, das war wirklich gut.

Das Deck vibrierte, die Maschinen stampften, dicke Rußwolken stiegen aus den beiden Schiffskaminen in den noch blassen Himmel.

In der Nacht war die Fähre gestartet. Die Siremar hielt Kurs auf Pantelleria, die schwarze Perle des Mittelmeers. Die Insel ließ sich bereits erkennen, war jedoch kaum mehr als ein dunkler Schatten, der sich weit draußen aus dem fahlen Meer erhob.

Die Frische des Meeres tat gut. Ich hatte eine Zeit lang vorne an der Reling gestanden, gegen den Fahrtwind geatmet, der warm war und selbst in der Nacht keine richtige Abkühlung gebracht hatte.

Das Meer war vollkommen ruhig.

Meine Handflächen klebten, der Salzfilm darin und der metallische Geruch, den sie von dem Geländer angenommen hatten, machten sie mir fremd.

Neben mir standen Männer, rauchten, ließen den Blick nicht von der Insel. Auf ihren Gesichtern lagen Müdigkeit und Trägheit, ihre Züge waren gelöst, als kehrten sie heim, als hätten sie sich bereits entfernt von dem lauten spätsommerlichen Treiben, als würden sie still, als gelte es jetzt, nach anderen Regeln, die nur die Eingeweihten kennen, zu leben.

Und auch ich war ruhig, ich bewegte mich unaufhaltsam auf ein Ziel zu, das ich erreichen würde, ohne jede Anstrengung. Das stimmte mich froh, gab mir ein erhabenes Gefühl, als würde sich etwas fügen, als würde etwas endlich seiner Bestimmung gerecht.

Eine Stunde noch oder zwei und wir würden in den Hafen der Insel einlaufen. Ein hübscher Hafen, blendend weiße Häuser vor dunklen Felsen, zwei, drei pastellfarben gestrichene Fassaden nahmen dem Bild die Härte. Beim Kauf des Fährtickets hatte ich einen kleinen Prospekt bekommen. Pantelleria ist eine Insel, die auf gleicher Höhe wie Tunis liegt und gute 50 Kilometer vom tunesischen Festland entfernt und damit näher an Afrika als an Europa. *Bint-al Rion*, so war ihr eigentlicher Name gewesen, Tochter der Winde, und ihr Ursprung lag unter dem Meer. Unterwasservulkane hatten sie gebildet und die erstarrte Lava, schwarz schimmernd und glänzend, hatte ihr die Bezeichnung 'Schwarze Perle' eingebracht.

Bei dem Prospekt war auch eine kleine Skizze der Insel gewesen. Als wir den Hafen erreicht hatten, hatte ich bloß ein Stück Brot gekauft und war gleich losgezogen, um die Insel zu umrunden. Ich hatte den Weg linker Hand genommen, schon bald die Häuser der weißen Hafenstadt hinter mir gelassen und einen schmalen Pfad ganz nah am Küstensaum entlang genommen. Der führte über die schwarz erstarrten Lavaströme. Erst jetzt sah ich die Schlieren darin, giftig grünlich und rostrot und glitzerndes Anthrazit. Ich geriet in eine Art Heiterkeit, fand die Farbkombination des grellen Grüns der Salzgewächse mit dem dunkel schillernden Grund des Vulkangesteins wunderschön, bitter und gleichzeitig charmant, das dunkle Azur des Himmels über dem Ultraviolett des Meerwassers schien mir Unendlichkeit, die an den bizarren Formen der Lavafelsen aufspritzende Gischt unglaublich strahlend, ausgelassen fast, weiß und unschuldig, silbrig glänzend die Stacheln der Disteln, liebenswürdig filigran die Blüten der wilden Kapern, hier und da bot eine aus schwarzem Lavagestein gebaute Hütte mit einem flach

gewölbten Dach Schutz, eine Behausung, die sich völlig mit
der Natur verwoben hatte. Mir war, als öffnete dieses Stück
Erde seine Arme, um mich zu empfangen, mich einzulassen
in seine schroffe wilde Schönheit.

Nach einer Weile nahm ich, ehe ich ihn sah, den Schwefelgeruch des kleinen türkisfarbenen Sees wahr. Ich bog also ab, um in den Specchio di Venere hinabzusteigen, den
‘Spiegel der Venus’. Hier soll die Göttin gebadet haben, ehe
sie ihren Liebsten traf.

Ich zog mich aus, strich mir den schwefligen Schlamm
auf die Haut, auf die Beine, die Hüften, kreiste um den
Bauch, die Brüste, die Arme, sogar das Gesicht umgab
ich mit dem Schlick und ließ ihn von der Sonne auf mir
festbacken. Er bildete eine weißliche, schrundige Kruste.
Ich war eine Echse, ein Reptil, uralt und gepanzert. Es war
wie ein feierliches Ritual.

Später stieg ich in den See. Das Wasser war heiß, der
schweflige Geruch wurde mir unangenehm, der See speiste
sich aus Quellen aus dem Innern der Erde, ich wusch mir die
Kruste vom Leib, schwamm ein wenig in dem viel zu warmen Wasser und gab ziemlich bald erschöpft auf. Vielleicht
klebten noch Reste des angetrockneten Schlammes auf mir,
aber da ich keinen Spiegel hatte, ließ ich es gut sein.

Der Aufstieg war anstrengend. Und ich sehnte mich nach
Erfrischung. Lief einen alten Wirtschaftsweg mit einem
atemberaubenden Ausblick auf das tiefblaue Meer. Die
Sonne stach. Nach einer Stunde oder mehr ergab sich die

Möglichkeit zur Küste hinunterzusteigen. Ich glühte. Mit unsicheren Schritten ging ich den steilen Abhang hinunter, tastete mich an den steinigen Wänden entlang, duckte mich unter wuchtige Felsvorsprünge, mit jedem Schritt wurde es kühler und dunkler. Ein riesiger schwarzer Felsen hing über mir, als ob er sich jeden Moment lösen und mich erschlagen könnte. Aber das Bad in der dunklen Grotte entschädigte. Unter Wasser blühten an den Wänden der Höhle orange und auberginefarbene Schwämme, türkisleuchtend und himmelblau. Der Meeresboden in der davorliegenden kleinen Bucht war bewachsen mit einem olivfarbenen Teppich aus borstigem Seegras. Auf einem Steinblock, eigens für mich ins Meer gepflanzt, ein richtiges Bett aus tiefschwarzen Korallen, daneben Feuerkorallen, und weiter unten blassrosa Gorgonien. In der Dünung wiegten sich Anemonen und Weichkorallen und in den Grotten wuchsen an geheimen Stellen leuchtend rote Seetomaten, wie man sie nie findet. Eine Handvoll Meerjunker tanzte schillernd in dem sich brechenden Licht, ein kleiner Oktopus ringelte sich von Stein zu Stein.

Hier hätte ich bleiben können, aber als die Sonne hinter die Felsen wanderte und sich die Schatten über die Bucht senkten, wurde mir kalt und ich begann mir Sorgen zu machen, ob ich die Umrundung der Insel überhaupt zeitlich schaffen würde. Wenn die Prospektskizze stimmte, hatte ich kaum ein Viertel des Weges zurückgelegt. Außerdem hatte ich fast kein Trinkwasser mehr. Ich beschloss also eine Abkürzung und den Weg quer über die Insel zurückzunehmen.

Aber den fand ich nicht. Ich ging beherzt weiter, beruhigte mich eine Zeit lang damit, dass ich mir sagte, dass ich mich auf einer Straße befand, die, so nahm ich an, irgendwann eine Bushaltestelle aufweisen würde, auf der sicherlich Autos fahren würden, die ich anhalten könnte. Ich hatte Durst und wagte nicht, den letzten Rest Wasser zu trinken. Ich begann, die hier wachsenden Zibibbo-Trauben zu pflücken und zu verzehren. Das Brot hatte ich längst gegessen. Ich ging hoch über der Küste, das Meer war ein Abgrund und Schwindel erfasste mich, wenn ich hinunterblickte.

Der Sommer war vorüber. Die Insel lag hier wie ausgestorben. Ich ging nun schon seit Kilometern die Straße entlang, die über die steil abfallenden Klippen der Insel führte. Von meiner hohen Warte aus konnte ich ab und zu in Dörfer blicken, tief unter mir, in denen kein einziges Auto parkte. Menschenleer. Und menschenleer war die Straße, lange schon, vor einer Ewigkeit hatte ich die letzten Menschen gesehen. Ab und zu huschte ein Salamander, schwarz und orange, über den Weg, aber es gab keine Ortsschilder, keine Kilometerangaben, ich hatte die Orientierung verloren, wusste nicht, wie weit ich gegangen war. Ich war verlassen. Ich roch Rauch, Feuer.

Weiter oben im Hang brannte die Macchia. Ich hatte Angst. Wenn der Wind die Flammen nicht aufwärtsschob, sondern hinabblies, wohin hätte ich mich retten können? Diese Gegend war schon längst nicht mehr kultiviert, alles wild und überwuchert. Kein Auto kam mir entgegen, kein Auto, das mich auflesen konnte, folgte mir. Ich ging zügig, ich ging schneller. Es begann zu dämmern. Mein Rücken tat weh, meine Beine taten weh, meine Füße seit Stunden, meine Kehle brannte, die Erde brannte. Wenn nicht bald jemand käme…

Ich hatte Hunger, hatte Durst, auch den letzten Rest hatte ich getrunken. Wenn heute keiner hierherkäme, warum sollte morgen einer kommen?

Ich musste ausruhen, mich ausstrecken. Aber wo? Überall am Straßenrand wucherte wildes Kraut, roter Fingerhut, Disteln und Stacheln, undurchsichtiges Gestrüpp. Ich muss mich einfach hinlegen, dachte ich. Nicht ins Gebüsch, einfach auf die Straße und ein paar Minuten schlafen. Überfahren würde ich sicher nicht. Ich blieb stehen, mein Herz raste. Es tat mir weh. Da sah ich die Schlangenhaut auf dem Asphalt, plattgefahren, festgeklebt, ausgetrocknet, schwarz. Und diese Haut, diese lächerliche tote Haut versetzte mich in Panik. Ich schnappte nach Luft. Diese Enge in der Brust. Hatte das Gefühl zu ersticken. Auf keinen Fall durfte ich mich hier hinlegen. Mir war schwindlig. Ich starrte auf die Schlangenhaut, meine Beine zitterten, wenn ich fallen würde, einfach umfallen? Die Schlangenhaut, bewegte sie sich? Schlängelte, schlang sich, war eine Schlange, eine Schlinge, schloss sich um einen Hals. Wenn ich mich niederlegte, wusste ich, würde ich sterben. Werde verdursten, verbrennen, die Schlange wird mich beißen, eine Giftschlange, eine Viper, eine Natter!

Ich wollte nicht sterben. Nicht jetzt.

Ich wollte nicht in die Unterwelt hinabsteigen, auch wenn ich hier am äußersten Ende der Inselwelt angelangt war. Ich wollte niemanden dort sehen, niemanden verstehst du, niemanden und ich wollte nicht, dass die zwitschernd flüsternden Versprechen in meinen Kopf krochen, ihre milden Stimmen mich ins Doppelreich lockten, das atemlose Licht der Sterne mich ergriff, ich wollte nicht die Lyra am Himmel sehen, nicht den großen Bären, nicht den Himmelsfluss, wollte mich wehren gegen den Gesang der unendlich leisen Töne, gegen die schlaffarbene Stimme des Mondes.

Irgendwann muss jemand gekommen sein und mich mitge-
nommen haben. Ich erinnere mich, dass es sehr dunkel war,
ich saß in einem Auto, neben mir der Fahrer, seine Hände
drehten eine Zigarette. Rauchst du, fragte er. Ich verneinte.
Er trug eine Cordjacke, trotz der Wärme, daran erinnere ich
mich gut. Sein Gesicht konnte ich in der Dunkelheit nicht
erkennen. Er brachte mich zu einem Hotel im Hafen. Dem
einzigen Hotel dieser Insel. *Il Sole Blu*, so war sein Name.

Der Rest ist Heimkehr.

Die Leserin oder der Leser wird vielleicht Versatzstücke
entdeckt haben, die erinnern an:

Rainer Maria Rilke: ‹Sonette an Orpheus›, aber auch an
Gedichte wie ‹Venedig›,

an
Peter Rosei: ‹Wer war Edgar Allan›,
Wolfgang Hilbig: ‹*evocation*›,
Cees Noteboom: ‹Allerseelen›,
Publius Ovidius Naso (Ovid): ‹Metamorphosen›,

und an Giordano Bruno, Guiseppe Ungaretti,
Ingeborg Bachmann,

an
Johann Wolfgang Goethe: ‹Urworte orphisch›
und ‹Italienreise›,
Angelo Poliziano: ‹*La Fabula die Orfeo*›

und einige weitere mehr, zumeist aus:
‹Mythos Orpheus, Texte von Vergil bis Ingeborg Bachmann›
(hrsg. von Wolfgang Storch, Reclam, 1997)
sowie
Sven-Claude Bettinger, ‹Nijinsky – der Gott des Tanzes›
(Suhrkamp 1974): Rezension, Merkur, Sept 1975,

nebst diversen Songtexten, u.a. von den *Eagles*
und *Pink Floyd*.